열한시 AM 11:00

1판 1쇄 인쇄   2013년 11월 27일
1판 1쇄 발행   2013년 11월 29일

각본 김현석
소설 이상민

발행인 김성룡
편 집   이성주
교 정   김은희
디자인 권혜영
펴낸곳 도서출판 가연
주 소   서울시 금천구 가산동 37-50 에이스하이앤드 3차 1407호
구입문의 02-858-2217
팩 스   02-858-2219

ISBN 978-89-6897-005-4 13810

* 이 책은 도서출판 가연이 저작권자와의 계약에 따라 발행한 것이므로
  본사의 서면 허락 없이는 어떠한 형태나 수단으로도 이 책의 내용을 이용할 수 없습니다.
* 잘못된 책은 구입하신 서점에서 교환해 드립니다.
* 책 정가는 뒷표지에 있습니다.

열한시
AM 11:00

김현석 각본 | 이상민 소설

02

가연

차 례

프롤로그	007
01. 철수명령	019
02. 첫 비행	047
03. 내일, 그러나 바라지 않던	069
04. 귀환	087
05. 예정된 미래	113
06. 분열	129
07. 비극의 시작	161
08. Killing Time	201
09. 불편한 진실	239
10. 도플갱어	261
11. 탈출	285
에필로그	307
용어해설	311

너는 내일 일을 자랑하지 말라,
하루 동안에 무슨 일이 일어날는지 네가 알 수 없음이라.

(잠언 27:1)

세계에서 가장 큰 헬기, Mi-26 헤일로가 굉음을 일으키며 눈보라를 뚫고 밤하늘로 날아올랐다. 커다란 덩치에 걸맞게 100명이 넘는 인원을 수용할 수 있지만 탑승객은 단 한 사람에 불과했다. 두터운 방한복으로 단단히 무장한 그는 한국 과학계의 슈퍼스타였던 천재 물리학자 우석이었다.

'이걸로 한 고비를 넘긴 건가. 어쨌든 연구는 계속할 수 있어. 그거면 된 거야.'

우석은 머리를 벽에 기대고 짧게 한숨을 쉬었다.

몇 해 전, 갑작스럽게 아내를 잃은 후로 일체의 외부활동을 중단한 그가 러시아에 입국한 사실을 아는 이는 별로 많지 않다. 세간에서는 그가 사별의 슬픔을 견디지 못한 나머지 완전히 폐인이 되었다는 소문이 돌았다. 그러나 알려진 바와는 다르게 우석은 지난 몇 년 동안 거대한 비밀 프로젝트에만 매달렸다. 천문학적인 비용이 들어가는 거대한 프로젝트였기에, 스폰서의 존재가 절실했다. 여러 가지 사정상 국내에서는 스폰서를 구하기가 어려웠다. 그러다가 우연히 러시아에서 사업을 하는 지인의 도움을 받아 뜻하지 않게 '큰손'과 만날 기회를 얻었다.

그리고 지금, 우석은 스폰서를 설득해서 성공리에 투자 증액을 이끌어내고 이제 막 연구소로 돌아가는 길이다. 결코 쉬운 일은 아니었다. 갑자기 갈증을 느꼈는지 우석은 전리품으로 챙긴 보드카를 점퍼 주머니에서 꺼내 뚜껑을 따고 병째 들이켰다. 마치 마라톤 코스를 완주한 사람처럼 피로한 기색이 역력했다.

우석은 눈을 비비며 점점 멀어져가는 상트페테르부르크의 야경을 내려다보았다. 제정 러시아 시절의 수도였던 상트페테르부르크에는 우석을 벼랑에서 꺼내준 구세주가 살고 있다. 그 구세주는 다른 의미에서 21세기 러시아의 이면을 지배하는 '차르(옛 러시아 황제)'였다.

* * *

"정지형(停止型) 타임머신?"

아나톨리는 회의적인 어조로 되묻더니 검버섯이 핀 뺨을 일그러뜨리며 조소 섞인 미소를 지었다.

아나톨리 리트비노프. 한국 나이로 치면 환갑을 넘긴 그는 러시아에서 손꼽히는 부호이자 막강한 권력의 소유자였다. 그 옆에는 감색 정장을 말쑥하게 차려입은 30대 중반의 금발 사내가 무표정한 얼굴로 서서 우석을 주시하고 있었다. 어딘가 매를 연상시키는 날카로운 이미지를 지닌 그는 아나톨리의 수행비서인 세르게이였다.

수십 명을 수용할 수 있는 넓은 회의실에는 이들 세 명 외에는 아무도 없었다. 우석은 러시아에서도 손꼽히는 거물을 독대하고 있다는 사실을 새삼 상기하며 어떻게 그를 설득할지 머릿속으로 시나리오를 그렸다. 다행히 아나톨리에게 심어준 첫인상은 그리 나쁘지 않은 듯했다. 거기에는 우석의 유창한 러시아어 실력도 한몫 거들었다. 공략하기 힘든 철옹성 같은 아나톨리의 표정을 누그러뜨렸다는 것만으로도 충분히 고무적이었다. 3분가량 이어진 전문용어 일색의 브리핑은 자칫 따분하게 들릴 수도 있었지만 아나톨리 회장은 우석에게 시선을 떼지 않고 묵묵히 경청했다. 오히려 그런 점이 우석을 더욱 긴장하게 만들었다.

"타임머신의 핵심은 인공 블랙홀인데……."

아나톨리 회장이 슬쩍 눈짓을 주자 세르게이는 허리를 굽혀 뭔가 귓속말로 짧게 설명했다. 가만히 듣던 아나톨리는 다시 우석에게 시선을 옮기더니 계속 이야기해보라고 무언의 신호를 보냈다.

우석은 내심 언짢은 기분도 들었지만 투자를 유치할 수 있는 절호의 기회인 만큼 내색하지 않고 천천히 말을 이었다.

"우선 인공 블랙홀을 만들려면, 현재 세계에서 가장 큰

LHC(대형 강입자 충돌기) 기준으로 100개가 필요합니다."

그들 사이에 놓인 커다란 테이블 위로 홀로그램 영상이 떠올랐다. 우석이 언급한 LHC, 즉 대형 강입자 충돌기의 3D 모형이 허공에 나타났다.

"LHC 100개라고요? 아시는지 모르겠지만 LHC 프로젝트 하나만 해도 60억 달러가 넘습니다. 그런데 그게 100개라면 얼마나 많은 돈이 들어가는지 아십니까?"

세르게이가 피식 웃더니 조롱하듯이 물었다. 충분히 예상했던 반응이었기 때문에 우석은 덤덤하게 그를 바라보았다.

"타임머신도 좋고, 다 좋은데, 아무리 그래도 채산성은 맞아야지. 난 사업가이지, 자선가는 아니라고."

아나톨리가 한마디 거들었다.

우석은 대꾸하는 대신에 리모컨을 조작해서 준비한 홀로그램 영상을 띄었다. 이른바 그레이트 블루홀이라고 부르는 바다 속의 싱크홀 영상이 그들 눈앞에 나타났다. 그러자 아나톨리 회장이 흥미를 보이며 미묘하게 표정을 바꾸었다.

"이건 꽤 익숙한 그림이군그래."

"네, ○○해에 있는 그레이트 블루홀입니다. 러시아 국영 코어에너지 연구소가 근처에 자리하고 있죠."

우석이 고개를 끄덕이며 말했다.

"대외적으로만 국영이지, 실소유주는 나야. 괜히 인수해서 골치만 아파. 당시만 해도 꽤 돈이 될 거라 생각했는데 이제 와선 그냥 후회스러울 뿐이지. 그런데 이게 무슨 소용이지? 내게 이걸 보여주는 덴 그만한 이유가 있을 텐데?"

아나톨리가 물었다.

우석은 의미심장한 표정을 지으며 세계 도처에 나타난 블루홀 사진들을 홀로그램 영상으로 띄었다.

"잘 알려지지 않았지만 블루홀 안에서는 중력이 다르게 작용합니다! 지구 평균 대비 1.2% 내외의 편차일 뿐이지만, 가속했을 때는 엄청난 차이가 됩니다."

우석의 말이 끝나기가 무섭게 홀로그램이 시뮬레이션 영상으로 바뀌었다. 블루홀 내부의 중력 차이를 이용해 무한 가속을 하는 영상이었다. 그걸 보자, 두 러시아인의 눈빛이 바뀌었다. 우석이 의도한 바를 눈치 챈 것이다.

"이 시뮬레이션 영상을 보면 알겠지만 블루홀 안에서 입자들을 충돌시키면 육지 LHC의 대략 2~300배의 가속 효과를 낼 수 있습니다. 즉, 바꿔 말하면……."

"나도 산수는 할 줄 아오. 그러니까 박사 말은 블루홀을 이용하면 인공 블랙홀을 만드는 데 육지 몇 백 분의 일로도 충분하다는 이야기로군."

드디어 아나톨리 회장이 관심을 보이고 있었다. 우석은 속으로 쾌재를 불렀다. 일단 오부 능선을 넘은 셈이다.

"블랙홀 안의 웜홀(worm hole)을 통해 시공간을 이동한다는 이론은 예전부터 존재했던 거 아니오?"

갑자기 세르게이가 끼어들었다. 회장을 보필하는 비서이자 기획실장으로서 그의 수완이 어느 정도일지는 모르지만 얄팍한 과학적 지식은 우석을 실소하게 만들었다. 첫 대면을 하던 순간부터 은연중에 내비치던 인종차별적인 태도도 그렇고 어지간해선 가까워지기 힘든 상대란 생각이 들었다. 우석은 쓰게 웃으며 고개를 흔들었다.

"그렇습니다. 이론으로만 존재했지 지금까지 현실화한 사람은 없었습니다. 애초에 웜홀이라는 게 너무 민감해서 작은 물체 하나라도 감지되면 입구를 닫아버리기 때문입니다. 바로 이런 식으로."

백문이 불여일견.

우석은 긴 설명보다는 눈으로 보여주는 게 낫다고 판단하고 홀로그램으로 타임머신이 인공블랙홀 안에 형성된 웜홀을 통과하다가 산산조각 나는 과정을 시연해보였다. 세르게이가 그것 보라는 듯 오만한 표정을 지으며 우석을 쳐다보았다. 그러거나 말거나 우석은 그를 무시하고 설명을 이어갔다.

"이 웜홀이 닫히는 걸 막으려면 일종의 '네거티브 에너지'가 필요합니다. 우리 팀은 일반 에너지를 네거티브 에너지로 변환하는 기술을 개발했습니다."

우석은 잠시 말을 끊고 아나톨리의 표정을 쳐다보았다.

"여기서 중요한 건, 회장님께서 골칫거리라고 여기는 그 코어에너지를 이용해서 웜홀을 지탱할 수 있단 얘깁니다."

두 러시아인이 놀란 표정을 지으며 서로를 마주보았다. 우석은 준비한 히든카드가 제대로 통했다는 걸 직감했다. 하지만 우석에겐 준비한 카드가 아직 한 장 더 남아있었다. 그것은 확실하게 쐐기를 박을 수 있는 조커였다.

어느새 평정을 되찾은 아나톨리는 세르게이가 건넨 자료를 검토하기 시작했다. 우석의 개인정보를 철저하게 분석한 것이었다. 한참을 훑어보던 아나톨리 회장은 반격의 실마리를 찾았는지 야비한 미소를 지으며 우석을 쳐다보았다.

"자료를 보니 애석하게도 2년 전에 아내를 잃으셨군. 그것도 암으로. 실로 유감이오. 그런데 타임머신을 연구하는 게 혹시 아내의 죽음이랑 관련이 있소? 암 치료하는 약을 가지러 미래로 가려고?"

이미 예상했던 반응인데도 우석은 동요를 감추지 못했다. 아내를 잃은 상실감은 아무리 세월이 흘러도 채워지지 않는다. 우석은 가만히 손가락에 낀 반지를 매만지며 숨을 골랐다. 여기서 무너질 순 없었다. 고지가 눈앞에 있지 않은가. 우석에겐 아직 상대를 무너뜨릴 확실한 카드가 한 장 남아있다. 이제 그 카드를 쓸 차례다.

"물론 미래엔 암이야 정복돼 있겠죠. 뿐만 아니라 그때쯤이면, 줄기세포 치료기술 또한 완벽한 수준을 이루고 있지 않겠습니까?"

세르게이가 당황한 얼굴로 자신의 고용주를 쳐다보았다. 아나톨리 회장 역시 크게 놀란 눈치였다. 그는 입술을 깨물고 두 무릎을 꽉 움켜쥐었다. 휠체어에 몸을 의지하고 있는 그의 두 다리는 모두 의족이었다. 페레스트로이카의 열풍이 소련을 휩쓸기 몇 해 전, 군부의 핵심멤버였던 아나톨리는 아프가니스탄에서 불의의 사고를 겪고 두 다리를 잃었다.

"우리 팀이, 제가 회장님을 줄기세포 연구가 완벽하게 성공돼있는 미래로 모셔다 드리겠습니다. 그리고 두발로 땅을 걸으시는 거죠. 약속드립니다."

아나톨리 회장은 아무 말도 하지 않았지만 이미 대답을 한 것이나 다름없었다.

우석은 회심의 미소를 지었다.

잠시 후, 아나톨리 회장은 나직한 목소리로 세르게이에게 뭔가를 지시하고는 먼저 자리를 떠났다.

"일단 장소를 옮기죠."

세르게이가 말했다.

우석은 개선장군처럼 어깨를 펴고 세르게이를 따라나섰다.

회의실을 나온 두 사람은 작은 방으로 장소를 옮겼다.

세르게이는 우석을 홀로 남겨두고 잠시 자리를 비웠다가 십여 분 뒤에, 한국인으로 보이는 남자를 데리고 다시 돌아왔다. 자신을 '조'라고 소개한 남자는, 우석이 예상했던 대로 한국인이었다. 나이는 40대 중후반으로 보였는데 키가 땅딸만하고 얼굴에 살집이 있어 관료적인 냄새를 풍기는 고집스러운 인상이었다. 세르게이와는 다른 의미에서, 그다지 가깝게 지내고 싶은 상대는 아니었다.

"요청하신 5년의 연구기간을, 회장님께선 3년으로 단축하길 원하십니다. 재계약 여부는 그때 가서 결정하는 걸로……."

세르게이가 아나톨리 회장의 전언을 전했다. 사실상 통보나 다름없는 것이었다.

"알겠습니다. 아쉬움은 있지만 그 정도로도 나쁘지 않군요."

우석이 대답했다. 3년이면 다소 빠듯한 기간이지만 그 안에 납득할 만한 성과를 보이면 연장도 충분히 가능하다고 생각했고, 그럴 자신도 있었다.

"그리고, 한 가지 더. 타임머신의 이름은 '트로츠키'로 하고 싶어 하십니다."

세르게이가 말했다.

우석은 의아하다는 듯 고개를 갸웃했다. 트로츠키는 멕시

코에서 암살을 당해 생을 마감한 혁명가로 스탈린과 대립각을 세웠던 인물로 유명하다.
"스탈린 대신 트로츠키가 권력을 잡았으면 지금과는 다른 러시아가 돼있을 거라고 믿으시는 분입니다."
세르게이가 야릇한 미소를 지으며 말했다.
"참 가지가지 한다."
우석은 한국말로 중얼거렸다. 옆에서 조 실장이 알아듣고 얼굴을 굳혔지만 우석은 아랑곳하지 않고 웃는 얼굴로 세르게이에게 악수를 건넸다.
"아나톨리 회장님께 말씀을 전해주십시오. 용단에 감사드린다고, 그리고 후회하지 않으실 거라고 말입니다."

* * *

난기류를 만났는지 갑자기 기체가 심하게 요동쳤다. 덕분에 회상을 멈춘 우석은 자축하는 의미에서 보드카를 들이켰다. 금방이라도 부서질 것처럼 기체가 흔들렸지만 오히려 우석의 입가엔 미소가 떠올랐다.
"트로츠키 만세."

01.
철수명령

우리 모두는 초대장도 없이, 비자발적으로 지구에 온 방문객이다.
하지만 나에겐 이 비밀조차 감탄스러울 따름이다.

(알버트 아인슈타인)

"난 미래를 봤어!"

트렁크 팬티만 걸친 채 벤치에 누워 선탠을 하던 영식이 별안간 두 팔을 벌리며 과장된 목소리로 말했다. 천장과 벽에 설치된 자연광 집광판에서 쏟아지는 태양광에 검게 그을려 영락없는 행락객 같은 그는 40대 중반의 엔지니어였다.

"어련하시겠어요."

그 옆에서 한심하다는 듯 쳐다보던 문순이 성의 없는 말투로 대꾸했다. 평소에도 실없는 소리를 곧잘 하는 편이라 자기 나이의 절반도 채 되지 않는 문순에게 늘 무시를 당해도 영식은 한 번도 얼굴을 붉힌 적이 없었다.

"문순아, 예전에 잘나가던 걸 그룹들 기억 나냐?"

"걸 그룹이요?"

"그래, 핑클의 효리, SES의 슈와 유진……."

영식은 한 시대를 풍미했던 여성 아이돌 그룹의 멤버들을 하나하나 거론하면서 눈을 초롱초롱 빛냈다.

"난 그때 이미 미래를 봤지. 슈랑 효리, 그리고 유진, 나와는 이뤄질 수 없을 거라는 걸. 봐. 걔들 나 아닌 다른 남자 만나서 잘 살고 있잖아."

그때였다.

"미래를 아주 정확하게 보셨네요, 박 선생님. 아주 대단하세요."

복도 끝에서 프로그래머인 숙이 얼굴을 내밀었다. 그러자 문순이 이때만을 기다렸다는 듯이 그녀에게 다가갔다. 180센티미터를 훌쩍 넘는 거구의 문순이 옆에 서자, 안 그래도 키가 작은 숙은 마치 초등학생처럼 보였다. 그럼에도 두 사람이 서 있는 모습은 묘하게 잘 어울렸다.

"비꼬기는. 아, 그나저나 인공 자외선은 이제 지겹다. 활활 타오르는 진짜 태양, 그 뜨거운 햇볕 아래서 선탠하고 싶구나."

영식이 무대 위에 오른 연극배우처럼 과장된 몸짓을 하며 말했다.

"엥, 그거 진짜 자연광인데? 연구소에서 수면까지 집광 모듈 연결돼있어서 여기서 증폭하는 거예요. 설마, 모르고 계셨어요?"

숙이 그것도 몰랐냐는 듯이 되물었다.

"그래 몰랐다, 몰랐어. 이거 나만 박사 아니라고 무시하는 거야? 자기들, 내가 왜 박사 학위 안 딴 줄 알아? 나 박 씨잖아. 내가 박사면 박 박사야. 박 박사. 어때, 부르기 어렵지? 생각해봐, 내가 박사를 땄으면 자기들이 날 부를 때 얼마나 헷갈리겠어. 그게 다 남을 배려하는 마음에서 나온 숭고한 희생이라는 거지."

문순과 숙은 아무런 대꾸도 하지 않고 그저 조용히 웃기만 했다. 벌써 한두 번 듣는 이야기가 아니었다. 잊을만하면 어김없이 꺼내는 레퍼토리였다.

"어, 웃어? 지금 나 무시하는 거야, 자기들. 뭐야, 너무하잖아."

영식은 짐짓 불쾌하다는 듯 두 사람을 노려보았다.

"그런 거 아니에요. 그럼 좋은 시간 보내세요, 박 선생님. 저희는 물러갈게요. 처리해야 할 일이 남아서요."

그렇게 말하고는 두 사람은 복도 끝으로 사라졌다.

'처리해야 할 일이 남았다고? 엉큼한 녀석들 같으니.'

영식은 두 사람의 뒷모습을 물끄러미 바라보다가 이내 의미심장한 미소를 지었다. 그의 예상(?)대로 모퉁이를 돌자마자 기다렸다는 듯이 문순이 숙을 끌어당기더니 기습적으로 입을 맞추었다. 숙도, 문순의 목을 끌어안으며 열정적인 키스를 나눴다. 두 사람이 연인 사이라는 것은 당사자들만 모를 뿐 이제 이 연구소 안에서는 공공연한 비밀이나 다름없었다. 그래봐야 전체 인원이 얼마 되지 않아서 새삼스러울 것도 없다. 이미 그들 말고도 공식적인 커플이 더 있었.

짧은 밀회를 마친 두 사람은 사이좋게 이동용 카트에 올라

타 복도를 가로질러 연구소의 핵심시설 중 하나인 동력실로 향했다.

"여기 올 때마다 느끼는 건데, 도대체 무슨 생각으로 바다 밑에 이런 걸 만들었을까. 이 얼토당토하지 않는 덩치를 말이야. 정말 대단하지 않아?"

문순은 이동용 2륜 카트를 운전하는 숙에게 동의를 구하듯 물었다. 아닌 게 아니라 어마어마한 크기를 자랑하는 핵융합로의 주위를 다 돌려면 카트를 이용해도 적지 않은 시간이 걸렸다. 숙은 거대한 냉각시설에 둘러싸인 핵융합로를 올려다보며 조용히 고개를 끄덕였다.

"핵융합 원자로는 냉각이 필요해서 대개 물 가까운데 만드는데, 이건 아예 바다 안에 만들어버린 거지."

"참, 러시아스럽다."

문순이 고개를 절레절레 흔들었다.

"하지만 이거 없었으면 트로츠키 프로젝트는 아예 시작하지도 못했어."

숙이 문순의 어깨를 툭 치며 중요한 사실을 상기시켜 주었다. 그러자 문순이 그보다 더 중요한 게 있다는 듯 의뭉스럽게 웃었다.

"그럼, 우리도 만날 수 없었겠지?"

"아이고, 그게 또 그렇게 되는 거였구나! 진짜 못 말려."

"못 말린다고? 틈만 나면 날 말려 죽이려는 여자가 그런 소릴 하다니."

"뭐야? 김문순, 너 정말 죽고 싶구나?"

숙이 눈을 흘기며 주먹을 불끈 쥐어보였다.

"아니, 정말로? 나를 죽여주겠다고? 나야 마다할 이유가 없지만. 그래도 남궁 박사님, 여기는 신성한 일텁니다. 더욱이 지금은 대낮이고요. 아무리 그래도 우리 가릴 건 가립시다."

"이게 정말!"

"아, 농담, 농담이야. 난 여기서 실례."

"나도 장난이네요. 수고해, 그럼."

숙은 카트에서 내리는 문순의 볼에 입을 맞추고는 카트를 몰아 동력실을 빠져나왔다. 문순은 강아지처럼 폴짝폴짝 뛰며 손을 흔들어 숙을 배웅했다.

"어휴, 어떻게 저런 애가 박사 학위를 땄지. 정말 불가사의다, 불가사의."

말은 그렇게 해도 싫지만은 않은 듯 숙의 입가엔 미소가 떠올랐다.

계속 카트를 타고 개인연구실로 향하던 숙은 맞은편 복도 휴게실에서 커피를 마시고 있는 조 실장을 발견했다. 조 실장도 숙을 보고 웃는 얼굴로 손을 흔들었다.

"안녕, 궁숙 씨. 리포트 잘 봤어."

"몇 번을 말해요. 제 이름은 궁숙이가 아니라 숙이라니까요. 성이 남이 아니라 남궁, 이름은 숙. 원로가수 남궁 옥분이 집안 할머니라고요. 아니, 어떻게 3년이 지나도록 매번 틀리냐. 이건 아무리 생각해도 성의 문제야, 성의 문제."

스폰서인 아나톨리 회장의 연락책이자 일종의 슈퍼바이저를 겸하고 있는 그는 벌써 3년이 넘게 이곳을 드나들면서도 아직도 숙의 성씨를 '남궁'이 아닌 '남'으로 착각해서 번번이 이름을 '궁숙'이라고 틀리게 불렀다. 그때마다 지금처럼 숙이 친절하게 가르쳐주곤 있지만 앞으로도 고쳐질 것 같진 않았다. 어쩌면 일부러 그러는지도 몰랐다. 딴에는 그게 자기만의 사교술이라고 여기는 듯했다. 안타까운 사실은 그의 탁월한 사교술이 이곳에서는 그다지 잘 먹히지 않는다는 것이었다.

"아, 미안. 다음부턴 조심할게, 남궁 숙씨. 확실히 입력했어, 남궁 옥분 손녀딸. 이젠 정말 안 틀릴게."

조 실장이 장난스럽게 머리를 조아렸다. 어느 누가 봐도 전혀 진정성이 느껴지지 않는 제스처였다.

"됐어요. 뭐, 어제오늘 일도 아니고. 저도 포기했네요."

숙은 그렇게 말하며 슬쩍 조 실장 옆을 보았다. 흡연 캡슐 안에서 이 연구시설의 실질적인 책임자인 우석이 굳은 얼굴로 담배를 피우고 있었다. 뭔가 분위기가 심상치 않다고 여긴 숙은 우석에게 눈인사만 하고 서둘러 그곳을 떠났다.
"계집애, 성질하곤."
잠시 복도 밖 통로로 사라지는 숙의 뒷모습을 물끄러미 바라보던 조 실장은 그대로 시선을 고정한 채 지나가는 투로 말했다.
"모레야. 그때까지 전원 철수하라고 하셨네."
이미 예상했던 일이다. 아나톨리 회장의 조급증은 1년 전부터 발병해서 서서히 채근하기 시작하더니 급기야 최근에는 100명이 넘는 러시아 스태프들을 한 명도 남기지 않고 본사로 소환해버렸다. 그것은 무언의 압박이나 다름없었다.
"이제 거의 다 왔습니다. 3년을 기다렸으면서 겨우 한 달을 더 못 기다린답니까?"
우석은 답답하다는 듯 피우던 담배를 눌러 끄고 새로이 담배를 꺼내 물었다.
"이봐, 정 박사! 나한테 이래봐야 소용없어. 잊었어? 한 달 말미를 얻은 것도 그나마 내가 겨우겨우 사정해서였잖아."
조 실장은 화를 억누르려는 듯 쥐어짜는 목소리로 말하자, 우석이 틈을 주지 않고 빠르게 되받아쳤다.
"러시아 스태프들이 철수하는 것까진 못 막았죠."
그때서야 조 실장은 고개를 돌리더니 우석을 잡아먹을 기세로 사납게 노려보았다. 우석도 조 실장을 똑바로 쳐다보았다. 그렇게 두 사람은 아무 말도 하지 않고 눈싸움을 벌였다. 먼저 물러선 건, 조 실장이었다. 조 실장은 표정을 풀고는 나직이 한숨을 내쉬었다.

"좀 봐주라. 난 자네랑 달리 월급쟁이 신세라고."

조 실장은 좀 봐달라는 식으로 말했다.

"재계약 가능성은요?"

우석이 물었다.

"글쎄, 본사에 가서 얘기를 해봐야겠지만 현재로서는 어렵다고 봐야지. 자그마치 3년이야. 그사이에 이렇다 할 결과물을 내놓지 못한 건 사실이잖아."

"고작 3년이죠."

"흔히 이런 걸 두고 입장 차이라고 하지. 투자자 입장에선 하루하루가 다 돈이라고. 그게 어디 푼돈인가? 하루에도 엄청난 비용이 들어가는데 남의 돈이라고 그런 태평한 소리를 하면 안 되는 거라고."

"후우, 내 말 좀 들어보세요. 거의 성공이란 말입니다. 멀지 않았다고요."

"성공? 24시간 후로 밖에 못가고 장소 이동은 불가능한 게 성공이야?"

조 실장이 기가 막힌다는 얼굴로 쏘아붙였다.

"라이트형제의 첫 비행도 고작 36.5미터였습니다. 첫 번째 전파는 겨우 방 한 개 건넜을 뿐이고요. 시간여행은 이제 시작입니다. 3년 안에 이 정도 성과 낸 게 어딥니까?"

"하여간에 과학자들이란. 좋아, 다 좋다고. 그런데 말이야. 그래봤자, 시뮬레이션 결과일 뿐이잖은가. 안 그래?"

우석은 그 말에는 대꾸를 못하고 담배연기만 길게 내뿜었다.

"난, 분명히 전했어. 모레야, 모레까지 모두 철수하지 않으면 그 뒤는 나도 책임 못 져. 현명하게 판단해. 이미 알고는 있겠지만 회장님은 무서운 분이셔. 괜히 심기를 불편하게 만들지 말라고. 그나마 이쯤에서 정리해주는 것만으로도 감지덕지인 줄 알아야 해. 정말 대단한 관용을 베푸시는 거란 말이야. 자네도 바보는 아닐 테니, 내 말 알아들었으리라 믿어."

조 실장은 우석을 홀로 남겨두고 휴게실을 떠났다.

"빌어먹을, 이제 거의 다 왔단 말이야. 다 왔다고……."

우석은 입에 물고 있던 담배를 바닥에 패대기치고는 두 손으로 머리를 쥐어뜯었다. 얼마 전부터 스폰서인 아나톨리 회장이 조 실장을 통해 압박을 해오더니, 이제는 최후통첩을 하기에 이르렀다. 시간이 너무 빠르게 지나갔다. 벌써 약속한 3년이 훌쩍 지난 것도 모자라 한 달이 더 경과했다.

하지만 원하는 결과를 얻어내려면 시간이 더 필요했다. 조실장에게 말했듯이 정말로 얼마 남지 않았다. 시뮬레이션 결과도 완벽하진 않지만 꽤 높은 수치를 기록했다. 남은 건 실제 '비행', 즉, 타임머신을 직접타고 시간여행을 하는 것이다. 늦기 전에 결단해야 한다. 더는 망설일 수 없었다.

'그래, 이대로 물러설 순 없어. 여기까지 어떻게 왔는데……'

우석은 결연한 표정으로 흡연캡슐에서 나와 자신의 연구실로 성큼성큼 걸어갔다.

* * *

"뭐하세요?"

갑자기 덜컥 문이 열리더니 영은이 연구실로 들어왔다. 누군가와 메신저로 열심히 대화를 나누던 우석은 화들짝 놀라 뒤를 돌아보았다.

"으응, 예전에 미국에서 같이 공부했던 친구한테 우리 시뮬레이션 결과를 보여주고 자문을 구하고 있어."

우석은 도둑질을 하다 들킨 것처럼 애써 태연한 척하며 영은의 눈치를 살폈다. 그러면서 슬그머니 메일프로그램을 닫았다.

"친구요? 우와, 팀장님도 친구 있었어요? 놀랄 일이네."
영은이 장난스럽게 말했다.
"뭐? 이게 까부네."
"헤헤, 농담 좀 한 거 가지고 뭘 그리 정색하고 그래요."
"정색은 무슨. 그런데 무슨 일이야?"
우석은 낮게 헛기침을 하며 물었다.
"조 실장, 만나봤어요?"
"어."
"이제 우리 앞으로 어떻게 되는 거예요?"
"……"

예전부터 영은은 눈치가 빨랐다. 우석의 침묵이 무엇을 의미하는지 대충 헤아렸다. 하지만 직접 듣고 싶었는지 우석이 대답할 때까지 조용히 기다렸다.

"모레야."
우석은 짧게 한숨을 내쉬고 말을 이었다.
"그때까지 전원 철수해야 해. 한 사람도 빠짐없이. 더는 지원할 수 없다는 게 저쪽의 입장이야. 최후통첩인 거지."
"결국 이렇게 되는 거군요."
영은이 예상했다는 듯이 고개를 끄덕였다.
"그런데 무슨 일로 찾아왔어?"
우석이 물었다.

"조 실장이요."

영은이 조 실장을 언급하자, 우석은 조건반사처럼 눈살을 찌푸렸다.

"조 실장?"

우석이 시치미를 떼며 물었다.

"네, 전원 호출했어요. 중대한 발표를 할 게 있다면서 다들 상황실로 모이라고 하더라고요. 그래서 뭔가 알고 계신 게 있나 하고요. 뭐, 그럴 거란 대충 예상은 했던 바이지만. 그리 놀랍지도 않네요. 어쨌든 저쪽에선 한 달을 더 기다려준 셈이니, 충분히 생색낼 수 있죠. 어떻게, 안 가보실 거예요?"

영은이 담담하게 말했다.

"어."

"하긴 이미 다 알고 있는 이야기를 두 번이나 들을 필요는 없겠네요. 일단 저는 가볼게요. 저도 달갑지 않은 소식을 두 번이나 듣는 건 내키지 않지만 그래도 저까지 빠져버리면 모양새가 이상해지잖아요."

"그래, 그렇게 해."

우석이 고개를 끄덕거렸다.

"그럼 마저 대화 나누세요. 친구 분이랑."

"죽는다, 아주."

"농담이라고요, 농담."

영은은 혀를 살짝 내밀며 그렇게 말하고는 연구실을 나섰다.

우석은 피식 웃으며 손을 흔들다가 영은이 사라지자 다시 고개를 돌리더니 굳은 얼굴로 모니터를 바라보았다. 화면 속에는 시뮬레이션 영상과 각종 데이터 수치가 끊임없이 변화하고 있었다.

우석은 화면을 뚫어지게 바라보면서 무의식적으로 손에 낀 반지를 매만졌다.

그렇게 한참을 있다가 뭔가 결심한 듯 모니터를 끄고 자리에서 일어났다. 잠시 숨을 고르고 나서 뒤쪽의 벽을 조용히 밀었다. 그러자 곧바로 상황실로 이어졌다. 연구소 스태프들을 상대로 뭔가를 열심히 이야기하던 조 실장은 갑작스럽게 나타난 우석을 보고 깜짝 놀라 그대로 굳어버렸다.

* * *

"그러니까 모레 오후 2시에 귀환 잠수정이 도착할 거야."

조 실장이 상황실에 모인 스태프들을 바라보며 담담하게 말을 이었다. 우석을 제외한 연구소의 모든 스태프들이 모여 있었다. 그래봐야 전부해서 다섯 명에 불과했다. 덕분에 러시아 스태프들이 상주할 때만 해도 비좁게 느껴지던 상황실이 너무 횅하게 느껴졌다. 조 실장은 간단히 설명을 마치고 팀원들을 둘러보았다. 다들 조 실장이 전하는 소식을 어떻게 받아들여야 할지 몰라 어리둥절한 표정을 짓고 있었다.
"휴가인가요, 영구철수인가요?"
그렇게 물은 사람은 우석의 오른팔격인 지완이었다.
"어느 쪽이든. 크리스마스를 육지에서 보내게 해주려는 본사의 배려라고 생각해."
조 실장의 애매한 대답에 지완은 팔짱을 끼며 눈살을 찌푸렸다. 다소 충동적인 우석과는 달리 지완은 매사에 냉철하고 이성적인 태도로 일관해서, 조 실장의 입장에서는 오히려 우석보다 더 까다로운 상대였다.
"윤 박사, 좋은 게 좋은 거잖아."
조 실장이 그렇게 덧붙이자 지완은 더욱더 미심쩍단 표정을 지었다.
이미 우석에게 이야기를 전해들은 영은이 사실 확인을 하려고 말을 꺼내려는 순간, 갑자기 조 실장의 뒤쪽 벽이 열리더니 우석이 등장했다. 조 실장은 물론이고 다들 놀란 표정을 지으며 우석을 쳐다보았다.
"내일 테스트 비행을 한다."
우석이 선언하듯이 말했다. 그 누구도 예상하지 못했던 폭탄발언에 다들 너무 놀란 나머지 입을 다물지 못했다.

"이……."

조 실장이 눈을 크게 뜨며 뭔가 말을 하려고 했지만, 우석은 눈짓으로 입도 뻥긋하지 말라는 듯 무언의 경고를 보냈다.

"테스트 성공하고 홀가분하게 크리스마스 휴가 다녀오자!"

우석은 그렇게 말하며 씩 미소를 지었다. 조 실장은 입술을 지그시 깨물며 우석을 노려보았다.

* * *

"형, 진심이야?"

지완이 복도로 나온 우석을 따라붙으며 나직이 물었다. 우석은 아무 말 없이 지완을 흘끔 바라보고는 묵묵히 걸음을 옮겼다.

"내가 묻잖아, 진심이냐고. 형도 알고 있겠지만 한 달 전에 러시아 애들 철수해버린 뒤로 코어에너지 쪽은 거의 방치상태야. 제대로 가동할지 확신할 수 없어."

"걱정일랑 붙들어 매. 문순이가 알아서 다 파악하고 있어."

우석은 단언하듯 말했다.

"그래도 위험해. 사람이 타는 거야. 무인우주선에 원숭이 탑승하는 거랑 달라. 시뮬레이션 결과도 완벽하지 않잖아.

이건 너무 무모해. 형도 알잖아."

예전부터 우석이 폭주할 것 같으면 거기에 제동을 걸어주는 역할은 언제나 지완의 몫이었다. 우석은 걸음을 멈추고 지완을 쳐다봤다. 그래도 지금 이 순간만큼은 자신을 지지해주길 바라고 있었다.

"그래, 나도 알아. 하지만 계약기간을 연장하려면 이 방법밖에 없어. 3년이야. 너나 나, 그리고 모두가 이걸 위해서 3년을 달려왔어. 이제 거의 다 왔다고. 넌 아깝지도 않냐."

"하지만 이건 너무 무모하다고."

"때론 리스크를 감수할 필요가 있는 거야."

"정말 강행할 생각이야?"

지완이 물었다.

"어. 그리고 반드시 성공할 거야."

우석이 고개를 끄덕이며 단호하게 말했다. 우석의 고집을 꺾을 수 없음을 깨달은 지완은 지그시 입술을 깨물었다.

"알았어. 그럼, 영은이 대신 내가 탈게."

"방금 전까지 무모하니 뭐니 하던 녀석이 갑자기 무슨……."

"그러니까 내가 탄다고!"

지완이 평소랑 다르게 고집을 피웠다. 좀처럼 보기 힘든 모습이었다. 지완이 이러는 덴 그만한 이유가 있었다.

우석도 그 이유가 무엇인지 잘 알고 있었다.

지완과 영은은 오랜 연인 사이였다. 사랑하는 사람을 대신해서 위험을 감수하겠다는 건 지극히 자연스러운 일이다. 그럼에도 우석은 지완의 의사를 받아줄 마음이 없었다. 지완이 염려하는 것 이상으로 영은의 의지 또한 확고했기 때문이다. 게다가 그녀에게 이 프로젝트는 남다른 의미를 갖고 있다.

"안 돼."

우석이 고개를 가로저었다.

"형!"

"그건 이미 오래 전에 결정한 일이잖아. 그리고 너도 알잖아. 이 프로젝트가 영은이에게 어떤 의미인지. 그러니까 애처럼 굴지 마. 이러는 건 너답지 않아."

"하지만, 형……."

지완이 우석의 팔을 잡았다. 우석은 지완을 물끄러미 쳐다보다가 천천히 지완의 손을 떼어냈다. 그러고는 피식 웃더니,

"그리고 우리 둘 다 탑승할 순 없잖아. 모르냐? 코카콜라 회장이랑 부회장도 같은 비행기는 안타잖아."

라며 주먹으로 지완의 가슴을 가볍게 쳤다.

지완은 우석의 농담에 멈칫하더니 애써 웃는 표정을 지었다.

"그럼 내가 회장이고, 형이 부회장?"

"이 새끼, 아주 틈만 주면 올라 탈 생각만 하네."

우석이 장난스럽게 지완의 목을 끌어안으며 헤드록을 걸었다. 그러자 지완은 우석의 팔을 풀어보려고 낑낑거렸다. 그런 둘의 모습은 마치 코흘리개 어린애들처럼 보였다.

잠시 후.

그렇게 한창 실랑이를 하던 두 사람은 언제 그랬냐는 듯 떨어져서 다소 굳은 얼굴로 마주보았다. 여전히 서로에게 해주고 싶은 말이 있었지만 두 사람 모두 침묵을 선택했다.

"그럼 난 우리의 돈줄에게 이 일을 보고하러 가마."

우석이 말했다.

"그럼 난 형이 우리의 돈줄을 상대하는 동안, 영은이와 오붓한 시간을 보내주겠어."

지완이 씩 웃으면서 말했다.

"음란한 녀석들."

"고집불통 홀아비."

우석이 입술을 실룩거리며 주먹을 움켜쥐었다. 그러고는 상황실로 돌아갔다.

지완은 우석의 뒷모습을 물끄러미 바라보다가 천천히 등을 돌려 자신의 개인연구실로 터벅터벅 걸어갔다.

연구실에선 영은이 기다리고 있었다.

"어디 갔다 와? 기다렸잖아."

영은이 뾰로통한 얼굴로 물었다.

지완은 아무 말도 하지 않고 구석에 세워둔 기타를 집더니 의자에 앉아서 연주를 하기 시작했다. 캐롤 킹의 대표곡 중 하나이자 세계적인 보컬리스트인 잉거 마리도 리메이크해서 불렀던 〈Will you still love me tomorrow?〉라는 곡이었다.

"뭐야, 정말……."

영은은 뭔가 말하려다가 가만히 벽에 기대어 서서 지완의 연주를 감상했다.

Tonight you're mine completely, You give your love so sweetly
(오늘 밤 당신은 완전히 내 사람이에요. 당신은 사랑을 너무 달콤하게 주네요.)

Tonight the light of love is in your eyes But, will you love me tomorrow
(오늘밤 당신 두 눈 속에서 사랑의 빛이 반짝이네요. 하지만 당신 내일도 날 사랑해 주실 건가요?)

Is this a lasting treasure Or just a moment's pleasure
(이건 영원한 보물인가요 아니면 순간적인 쾌락인 건가요?)

Can I believe the magic of your sigh Will you still love me tomorrow

(내가 마법 같은 당신의 한숨을 믿어야 될까요. 당신 내일도 날 사랑해 주실 건가요?)

"아, 4번 줄 없이 치려니까……. 클래식 기타 줄을 보내 달랬는데 통기타 줄이 왔어, 짜증나게."

갑자기 지완이 연주를 멈추더니 신경질적으로 기타를 내려놓았다. 지완은 복잡한 심경으로 영은을 쳐다보았다.

"……."
"……."

영은도 말없이 지완을 바라보았다.

'정말 할 생각이야?'
'어.'
'지금도 늦지 않았어. 생각을 바꿔.'
'아니, 그러고 싶지 않아.'
'왜 그렇게 무모하니.'
'무모한 게 아니야. 간절한 거야.'
'그래도 이건 너무 위험해.'
'정말 몰라서 그래? 이 일이 내게 얼마나 중요한지를…….'

'알아, 아는데…….'

'알면 그러지 마.'

'넌 정말 내 생각은 조금도 안 하는구나.'

'바보, 널 위해서도 그러는 거야. 위험한 건, 너도 마찬가지잖아.'

'고집쟁이.'

'그게 내 매력이잖아.'

침묵이 아닌 침묵. 두 사람은 그렇게 서로를 조용히 바라보며 직접 말로 하는 것보다 더 많은 대화를 나눴다.

"벌써 크리스마스네. 내일이 크리스마스이브라니……."

영은이 먼저 침묵을 깼다. 영은은 책상 위에 놓인 미니어처 크리스마스트리를 바라보았다. 오래 전에 그녀가 지완에게 선물한 것이었다.

"딱 7년 됐네. 우리 사귄지."

지완이 말했다.

"그렇게 오래 됐나?"

영은이 어깨를 으쓱거렸다.

"카이스트 애들 크리스마스 파티 하는데, 내가 꼽사리 껴서 같이 어울렸었지. 기억나? 그날, 2차 이동할 땐가, 너 길바닥에서 펑펑 울었었어."

지완은 옛일을 회상하며 영은을 바라보았다.

"그리고 그렇게 우는 여자한테 어깨 빌려주고 건드렸지. 어딘가에 살고 계신 늑대 씨께서."

영은이 장난 섞인 목소리로 비난조로 말하자, 지완은 능글맞게 웃더니 자기 어깨를 톡톡 건드리며 말했다.

"아, 어디 또 울고 있는 여자 없나? 지금이라면 어깨를 더 잘 빌려줄 수 있는데."

그 말에 영은이 피식 웃더니 못 말리겠다는 듯 고개를 흔들었다.

그리고 다시 어색한 침묵이 흘렀다.

"난, 이번 우석이 형의 결정 찬성하진 않아."

지완이 침묵을 깨고 웃음기를 지운 얼굴로 말했다.

"알아. 그래도……."

영은이 말을 채 잇기도 전에, 지완이 먼저 말을 꺼냈다.

"하지만 이왕 결정한 일이니까 꼭 성공할 수 있도록 최선을 다해서 도울 거야."

지완은 영은을 바라보며 조용히 웃었다.

영은도 미소를 지었다.

* * *

"그러니까 다시 이야기를 정리해봅시다. 박사께서 직접 트로츠키를 타고 '내일'의 연구소에 15분간 머문다는 말입니까?"

화면 속, 세르게이가 반신반의한 목소리로 물었다.

우석과 조 실장은 화상통신으로 내일 있을 '타임머신'의 테스트 비행에 대한 브리핑을 하고 있었다. 이미 투자 철회를 결정한 마당이라, 세르게이의 반응은 무척 회의적이었다. 하지만 우석은 포기하지 않고 그를 설득하려고 애썼다.

"지금 확보한 코어에너지로 웜홀을 지탱할 수 있는 시간이 최대 15분이니까요. 비행을 끝내고 나서 간단한 보고서를 작성한 후 모두 철수할겁니다."

우석이 말했다.

"그럼 하루 뒤로 갔다 온 걸 어떻게 증명할 겁니까?"

세르게이는 잠시 고민에 빠지더니 여전히 못마땅하다는 얼굴로 물었다. 처음보다는 목소리가 많이 누그러졌다.

"몇 가지 옵션을 두고 고민하고 있습니다."

"연구소 CCTV 파일을 가져오는 게 제일 확실하지 않나요?"

"생각해보긴 했는데, 그건 윤리적인 방법이 아닌 것 같습니다. 만약 뭔가 미덥지 않다면 확인 방법은 그쪽에서 알아서 정해주십시오."

세르게이는 다시 생각에 잠겼다. 그러고는 잠시 사이를 두고 천천히 말문을 열었다.

"출발시점에 갓 태어난 하루살이의 시체를 내일로 가서 가져오는 건 어떻습니까?"

즉흥적인 제안이었지만 불만은 없었다. 어차피 우석에겐 테스트 비행을 한다는 것 자체가 중요했다.

"나쁘지 않은 생각이군요."

우석은 이의가 없다는 듯 고개를 끄덕였다. 두 사람이 의견일치를 보는 건, 흔치 않은 장면이었다.

"좋습니다. 그럼 회장님께서는 그렇게 보고하도록 하겠습니다. 정 박사님, 이번 비행은 꼭 성공하셔야 합니다."

세르게이가 통신을 종료했다.

옆에서 가만히 지켜만 보고 있던 조 실장은 그제야 숨통이 트인다는 듯 숨을 토하며 이마에 맺힌 땀을 훔쳤다.

"후아. 저 친구는 늘 사람을 긴장하게 만들어. 아, 안 그래도 혈압이 높은데 말이야."

우석은 그런 조 실장을 무심하게 바라보며 조용히 말했다.

"예정대로 내일 오전 11시에 트로츠키를 가동합니다."

조 실장은 마른침을 꿀꺽 삼켰다.

* * *

밤이 깊어갔다.

하지만 연구소의 스태프들 중 누구도 쉽게 잠을 이루지 못했다. 3년을 기다려온 테스트 비행이 그들을 불면에 이르게 했다. 각각 다양한 사연과 이유로 이곳에 모였지만 적어도 오늘밤만큼은 모두 똑같은 생각과 마음이었다.

상상 속에서만 존재해왔던 타임머신의 실현. 그 역사적인 첫 주인공이 자신들의 몫이 되기를, 바라고 또 바랐다.

이제 몇 시간 후면 그들의 도전이 실패로 돌아갈지 아니면 성공할 것인지 결정 난다. 그런 까닭에 어느 누구도 좀처럼 잠을 청할 수 없었다. 지난 3년 1개월 중에, 아니 평생 살아오면서 지금이 그들 모두에겐 가장 기나긴 밤이 될 것이다.

그리고 마침내…….

낭비한 시간에 대한 후회는 더 큰 시간 낭비이다.

(메이슨 쿨리)

"우리가 진짜 '육지'를 밟아본 게 얼마만이지? 아, 그러고 보니 자기는 지난달에 외출을 나갔다 왔었지?"

코어에너지 부속실.

문순이 휴대용 IT패널에 띄운 매뉴얼을 참조하며 마지막으로 시스템을 점검하고 있었다. 뜬눈으로 밤을 새운 탓인지 얼굴엔 피곤한 기색이 역력했지만 표정이 어둡진 않았다. 입구 쪽 계단에 앉아서 그를 지켜보는 숙의 눈가에도 다크 서클이 짙게 자리 잡고 있었다. 마찬가지로 잠을 제대로 자지 못한 것이다.

"외출이라고 해봤자, 블라디보스토크 1박2일이었는데, 뭐."

숙은 나른하게 하품을 하고는 졸린 목소리로 대꾸했다.

"우리, 휴가가면 뭐할까?"

문순이 손을 멈추고 숙을 돌아보며 물었다.

"나랑 갈 데가 있어."

"어디?"

"미리 알면 재미없잖아. 기대하고 있으라고."

"아, 궁금해. 어딜까, 어딜까?"

점검을 끝낸 문순이 음흉한 미소를 띠며 숙에게 다가갔다.

숙은 어림도 없다는 표정을 지으며 단호히 고개를 가로저었다.

"정말 안 가르쳐줄 거야?"

문순이 짓궂은 얼굴로 간지럼을 태우려고 하자, 숙은 즐거운 비명을 지르며 잽싸게 피하더니 동력실로 달아났다.

문순도 장비를 챙겨서 그녀를 쫓아갔다.

숙은 동력실 입구에서 문순에게 따라잡혔다. 문순은 뒤에서 그녀의 허리를 끌어안더니 가볍게 들어올렸다. 숙은 조금 전보다 한 옥타브 높은 비명을 질렀다. 평소라면 누가 들을까 무척 조심했겠지만 지금은 그러질 않았다. 두 사람은 마치 철없는 10대처럼 굴었다. 어쩌면 중대한 일을 앞두고 긴장을 해소하기 위한 두 사람만의 방법인지도 몰랐다.

"잘되겠지?"

문순이 그녀를 내려놓으며 나직이 물었다.

"난 그럴 거라 믿어. 우리 3년을 바친 거야. 안 되려고 해야 안 될 수가 없어."

"그래, 그랬으면 좋겠다. 정말로……."

* * *

상황실의 모니터를 통해 두 젊음의 애정행각을 관음증환

자처럼 훔쳐보던 조 실장은 입맛을 다시더니 격납고로 통하는 유리창으로 고개를 돌렸다. 그의 시야에 가로세로 3미터에 달하는 정12면체 구조물이 들어왔다. 테스트 비행만을 기다리고 있는 타임머신―'트로츠키'였다.

이윽고 엔지니어인 영식이 정비용 리프트를 타고 나타났다. 테스트를 앞두고 마지막 점검을 하러 온 것이다. 비록 평소엔 나사 빠진 사람처럼 행동하는 그였지만 자신이 맡은 업무에 있어서만큼은 누구도 따라올 수 없는 프로페셔널이었다. 실제로 그는 박사들이 즐비한 이곳에서 유일무이한 '순수기술자'라는 자부심이 대단했다.

"박 선생이 보기에 이번 비행, 성공할 것 같나?"

조용히 영식의 작업을 지켜보던 조 실장은 외부스피커를 켜고 그에게 말을 걸었다. 영식이 손을 멈추더니 고개를 들고 상황실을 올려다보았다.

그와 눈이 마주친 조 실장은 어색하게 웃으며 손을 흔들어 보였다.

영식은 그를 무시하고 다시 작업에만 열중했다.

애초에 이 연구소에서 조 실장을 달갑게 여기는 사람은 단 한 사람도 없었다. 그나마 그를 상대해주는 사람은 가끔 호칭 문제로 타박 아닌 타박을 하는 숙이 유일했다. 3년이란 세월로는 이들과 간격을 좁히기엔 턱없이 부족했다. 같은 한국 사람이라는 것도 크게 도움이 되진 못했다. 그는 언제나 환영받지 못하는 불청객이었다.

"박 선생은 미래를 보잖아?"

조 실장은 냉랭한 분위기를 무마해보려고 농담을 건넸다. 그러자 영식은 짧게 한숨을 내쉬더니 고개를 들고 한심하다는 눈빛으로 조 실장을 쳐다봤다.

"조 실장님, 전 제 미래만 봅니다. 당신이랑 나랑 앞으로도 전혀 친해질 일이 없다는 것. 뭐 이런 거."

* * *

테스트 비행까지 12분을 남겨두고 모든 스태프들과 조 실장은 상황실에 모였다. 이번에는 우석도 빠지지 않았다.

"본사 회장의 사인이 된 재계약서가 들어있어. 정 박사가 내일로 떠난 직후에 연구실 캐비닛에 넣어두고 24시간 후에 열리게 해놓을게. 내일로 가서 이 계약서에 사인을 해서 돌아오면 돼. 어때, 한방에 다 해결되지?"

조 실장은 손에 쥐고 있던 두툼한 봉투를 우석에게 건넸다.

"하루살이 시체 가져오는 것보단 낫네요."

우석은 봉투를 열어보지도 않고 퉁명스럽게 말했다. 그러고는 자신을 대신해서 검토해보라는 듯 지완에게 봉투를 떠넘겼다.

"그리고 이거."

조 실장이 봉투 말고도 다른 뭔가를 우석에게 넌지시 건넸다. 엄지손톱만큼이나 자그마한 십자가였다. 우석이 이게 뭐냐는 표정으로 쳐다보자 조 실장은 능글맞게 웃더니 십자가를 우석의 손에 쥐어주었다.

"주님이 함께 하실 거네."

우석은 뭔가 대꾸하려다가 생각을 고치고 어색한 미소를 지었다. 그러고는 십자가를 목에 걸고는 나직이 '할렐루야!'라고 중얼거렸다.

"그거 분명히 효과가 있을 거야. 내 장담하지."

조 실장이 만족스러워하며 환하게 웃었다. 마치 이걸로 자신의 역할은 다 했다는 듯 무척 홀가분한 표정이었다.

하지만 우석은 목에 건 십자가가 어색한지 계속 만지작거렸다. 그때 인기척이 느껴져서 고개를 돌리니 영식이 심각한 얼굴로 다가왔다. 영식은 몸에 딱 달라붙는 타이트한 스타일의 파일럿 슈트를 걸친 우석을 위아래로 훑어보더니 갑자기 두 팔을 번쩍 올리며 비행포즈를 취해보였다.

"에스퍼맨!"

불룩하게 튀어나온 배를 가리키는 말일 것이다. 실제로 강화복을 입은 우석의 모습은 한 시대를 풍미했던 개그맨 심형래 주연의 영화〈우뢰매〉에 나오는 에스퍼맨을 떠올리게 한 모양이었다. 자신도 그걸 잘 아는지 우석은 영식을 쳐다보며 쓰게 웃었다.

"동양인들 체형은 어쩔 수 없어요."

하지만 영식은 단호하게 고개를 가로저으며 영은을 눈짓으로 가리켰다. 우석과 똑같은 디자인의 파일럿 슈트를 걸친 영은은 늘씬한 모델 같은 체형을 유감없이 발휘하고 있었다. 그만큼 두 사람의 분위기는 천지차이였다.

"기능만 제대로 발휘되면 그만인 겁니다."

우석이 영식에게 귓속말로 말했다.

영식은 성의 없이 고개를 끄덕였다.

"10분 남았어."

지완이 시간을 고지했다. 여전히 탐탁지 않은 표정이었다.

영은이 조용히 다가가 옆구리를 가볍게 치고는 지완을 안심시키려는 듯 엷은 미소를 지어보였다.

지완은 알았다며 고개를 끄덕였다.

"여긴 지완이, 네가 책임져."

우석이 말했다.

"……."

"걱정하지 마. 혹, 실패하더라도 영은이는 돌려보낼게."

"그런 소리할 거면 못 보내."

지완이 인상을 찌푸렸다.

"멍청한 놈, 영은이가 돌아온단 얘긴 뭐야? 성공한단 얘기잖아."

우석이 그것도 모르냐는 듯이 말했다.

"형만 믿어."

"그래, 믿어라. 믿는 자에게만 복이 있는 거다."

숙이 금속케이스에서 팔찌타입의 시계를 꺼내 우석과 영은의 손목에 채워주었다. 고온과 높은 수압에서도 견딜 수 있도록 특수합금으로 만든 시계였다.

"알죠? 한계 시간은 15분이요. 절대로 그 15분을 넘기면 안 돼요. 꼭 명심하세요. 15분이라고요. 15분."

숙이 몇 번이나 '15분'을 강조했다.

우석과 영은은 고개를 끄덕이며 시계의 타이머를 15분에 맞췄다.

"이미 알고 계시겠지만 트로츠키의 메인 시스템과 연동하고 있어서 '내일'에 도착하자마자 자동으로 타이머가 작동할 거예요."

숙이 대수롭지 않다는 투로 일러주었다. 우석과 영은은 충분히 알아들었다며 고개를 끄덕여보였다. 숙은 만족스러운 표정을 지었다.

"좋아, 그러면 시작해볼까?"

우석이 스태프들을 바라보며 웃는 얼굴로 말했다. 하지만 누구 하나 웃는 사람이 없었다. 다들 지나치게 굳어있었다.

"얼굴들 좀 펴. 누가 지금 죽으러 가냐. 최소한 배웅할 때만이라도 웃으면서 보내라. 그래야 우리도 기운이 날 거 아냐."

"하. 하. 하."

우석의 말이 끝나기가 무섭게 다들 어색하게 웃어보였다. 그 일그러진 표정이란. 차라리 조금 전의 굳은 얼굴이 낫다고 우석은 속으로 생각하며 천천히 격납고로 걸음을 옮겼다.

영은은 동료들과 눈인사를 나누고 마지막으로 지완을 쳐다보았다.

"Can I believe the magic of your sigh Will you still love me tomorrow?"

지완은 영은에게만 들리도록 나직한 음성으로 〈Will you still love me tomorrow〉의 한 소절을 불렀다. 특히 'tomorrow' 부분을 강조하며 다시 한 번 같은 소절을 부르자, 지완의 의중이 무엇인지 파악한 영은은 애매한 미소를 지으며 속삭였다.

"글쎄? 가서 확인해보지, 뭐."

잠시 후, 우석과 영은은 동료들이 지켜보는 가운데, 천천히 트로츠키에 탑승했다. 조종석에 앉기 전에, 우석이 목에 걸고 있던 십자가를 영은에게 건넸다.
"이건 나보다 너한테 더 필요할 것 같다."
영은은 잠시 망설이다가 조심스럽게 십자가를 손에 쥐었다. 우석은 힐끔 상황실 쪽을 쳐다보더니 입술을 삐죽거렸다.
"조 실장, 이 새끼는 불자한테 십자가를 주고 지랄이야. 내가 얘기했었냐? 울 엄마가 절에서 백일기도를 하고 나를 낳았다고."
"아뇨, 처음 듣는데요."
영은은 웃으면서 십자가를 목에 걸었다.
"팀장님 몫까지 내가 기도해줄게요."
"고맙다. 그 말을 들으니 아주 든든하네. 세상에 하나님만큼 확실한 보험이 어디 있냐. 넌 독실한 신자니까 저 위에 계신 분도 꼭 기도를 들어줄 거다."
"저기, 팀장님."
"어? 갑자기 왜 그런 표정이야. 홀아비 설레게. 설마 그동안 숨겨왔던 나를 향한 감정을 고백하려고?"
영은이 눈을 흘기자 우석은 농담이라는 듯 손사래를 쳤다.
"어제 꿈에 아빠를 봤어요."
우석은 웃음기를 지우고 정색한 얼굴로 영은을 쳐다보았

다. 오래 전에 갑자기 행적을 감춘 영은의 부친, 서 교수는 우석에겐 대학시절 은사이자 멘토였다. 더불어 이 프로젝트는 그의 유산이나 다름없었다.

"이 연구의 기본 아이디어는 서 박사님 꺼야. 그러니까 이건 그분의 유산이기도 한 거지."

"드럼세탁기에서 양말 한 짝 사라지는 이론?"

영은이 피식 웃으면서 되물었다.

"영은아. 너, 아직도 아빠가 미래에 가 계실 거라고 믿니?"

"그건……."

그때 메인 오퍼레이터인 숙이 비행시각이 임박했음을 알려왔다.

* * *

"동력실 상황은?"

지완이 모니터를 통해 동력실의 문순에게 상황을 물었다.

"충전 완료."

문순이 CCTV를 향해 엄지손가락을 세워보였다.

"숙아?"

지완이 숙을 쳐다보았다.

"시스템 올 그린(all green). 아직까지는 순조로워요."

이번에는 영식에게 시선을 돌렸다. 영식은 조용히 고개를 끄덕여보였다. 다행히 아직까지는 모든 진행이 순조로워보였다.

"숙아, 타임 좌표 입력하고 카운트다운 준비해."

"네."

숙이 키보드를 입력하자 메인스크린에 '24h, 00m 00s'라는 수치가 뜬다.

상황실의 원형 테이블 위로 트로츠키와 각종 데이터를 나타내는 홀로그램 영상이 떠올랐다.

조 실장은 뒤쪽에 떨어져 가만히 앉아서 긴장한 얼굴로 메인스크린과 홀로그램 영상을 번갈아 쳐다보았다. 당장 그가 할 수 있는 일은 그것 말고는 없었다. 침묵이 도와주는 것이다.

"문순아, 동력을 끌어올려."

지완이 지시했다.

"코어에너지 60퍼센트, 70퍼센트, 80퍼센트, 90퍼센트……."

"조금 더."

"97퍼센트."

홀로그램 영상 안에서 파워게이지를 나타내는 녹색 그래프가 빠르게 상승하기 시작하더니 곧 정점에 이르자 붉은색으로 바뀌었다.

"코어에너지 120퍼센트 충전 완료."

지완은 트로츠키 안에 설치된 내부카메라를 통해 우석과 영은의 모습을 주시했다. 두 사람 모두 몹시 긴장한 표정이었다.

"이제, 지붕을 닫으세요. 카운트다운에 들어갑니다."

지완이 조금 떨리는 목소리로 말했다.

"메인 홀 루프 닫혔다!"

영석이 긴장한 목소리로 외쳤다.

"자, 내일로 가자! 카운트다운 시작!"

지완이 외쳤다.

메인스크린에 100이란 숫자가 떠올랐다.

"반중력 시스템 가동합니다."

숙이 보고했다.

메인스크린에 잡힌 트로츠키 주변의 공간이 왜곡되기 시작했다. 그건 형이상학적이라는 수식이 어울리는 기이한 현상이었다. 문외한인 조 실장의 눈에는 비현실적으로 보였다. 제대로 진행이 되고 있는지 궁금했지만 누구에게도 물을 수가 없었다. 그저 지금으로선 입술을 잘근잘근 씹으며 누군가가 친절을 베풀어주길 기다릴 뿐이었다.

"문순아, 파워가 부족해. 동력을 최대치로 끌어올려."

지완이 지시했다.

숙이 불안한 눈초리로 지완을 쳐다보았다.

지완은 그녀의 시선을 외면하고 시시각각 변화하는 데이터들을 체크했다. 그사이에 메인스크린의 숫자가 44로 줄어들었다. 하필 죽음을 의미하는 숫자 4가 둘이나 되었다. 지완은 그걸 보자 자기도 모르게 동요하며 낮게 혀를 찼다.

'죽음에 이르는 방법엔 800만 가지가 있다.'

지완이 과학자가 아닌 의대생이었을 시절에 우연히 도서관에서 발견한 로렌스 블록의 범죄소설에 나오는 문구였다. 그때부터 유난히 로렌스 블록의 작품을 좋아했던 지완은 문득 그의 대표작 〈800만 가지의 죽는 방법〉에서 표현한 '죽음에 이르는 800만 가지 방법' 중에서 지금 강행하고 있는 이 불안한 테스트 비행이야말로 가장 앞머리에 둬야할 방법이라는 생각이 들었다.

'씨발, 정신 차리자. 지완아, 너 지금 무슨 생각을 하고 있는 거냐!'

지완은 고개를 세차게 흔들며 불길한 예감을 떨쳐버리려고 애썼다.

그때 격납고 상황을 비쳐주던 모니터들이 하얗게 무지화면으로 바뀌었다. 유리창을 통해 보아도 격납고 안을 육안으론 확인할 수 없었다. 노도처럼 밀려드는 코어에너지가 네거티브 에너지로 변환하는 과정에서 일어나는 현상이었다. 이제 육안으로 트로츠키의 상태를 파악하는 건 불가능했다. 테이블 위에 띄운 홀로그램 영상으로만 확인할 수 있을 뿐이었다.

"뭐야! 사라졌잖아!"

깜짝 놀란 조 실장이 벌떡 일어섰다.

"아직, 아닙니다. 코어에너지가 네거티브 에너지로 변환하기 시작하면 가시광선의 영역을 벗어나게 됩니다. 그래서 육안으로 잡히지 않는 겁니다."

지완이 처음으로 진행 과정을 설명해주었다.

"아, 그런 거였군."

조 실장은 이해했다는 듯 고개를 끄덕였다. 그러고는 내친김에 궁금했던 것을 물어보려는데, 홀로그램 영상 안에서 트로츠키가 엄청난 속도로 회전하기 시작했다. 그리고 그 주변으로 어떤 에너지 기류가 빠르게 형성되면서 마치 열대저기압이 태풍으로 진화하는 것처럼 느껴졌다.

"트로츠키 반중력 쉴드 성립!"

계기반을 조작하던 영식이 외쳤다.

그러자 트로츠키 주변에 형성되었던 에너지 기류가 얇은 판막처럼 퍼지더니 둥그렇게 정12면체 구조물을 뒤덮었다. 곧이어 새로운 형태의 정보가 홀로그램으로 나타났다. 그건 문외한인 조 실장이 봐도 무엇인지 어렴풋이 짐작할 수 있었다.
"인공블랙홀 형성! 보라고, 웜홀이야. 이제 거의 다 왔어."
지완이 말했다.
"이제 한계에요. 코어에너지 출력이 임계점이라고요!"
동력실의 문순이 다급하게 외쳤다.
"조금만 버텨!"
지완이 문순의 보고를 묵살했다.
경고음이 울리더니, 홀로그램의 모든 그래프들이 모두 붉은색으로 바뀌었다. 불안해진 조 실장은 참다못해 지완에게 다가갔다.
바로 그때였다.
"네거티브 에너지 감지!"
지완이 격정적으로 외쳤다. 조 실장은 멈칫하고 홀로그램 영상으로 고개를 돌렸다.
트로츠키 위로 불안하게 요동치던 웜홀이 입구를 벌린 채 멎었다. 동시에 메인스크린의 숫자가 '0'으로 바뀌었다.
"시뮬레이션 결과대로야. 웜홀이 지지됐어."
지완이 감격한 목소리로 말했다.
그 순간, 맹렬하게 회전하던 트로츠키가 갑자기 뚝 멈추더니 마치 배수구로 빨려 들어가듯 웜홀 속으로 진입했다.

이제 모두 자리에서 일어나 숨을 죽이며 홀로그램 영상을 지켜보았다.

웜홀을 서서히 통과하던 트로츠키가 갑자기 원인 모를 폭발적인 빛에 휩싸였다. 그와 동시에 격납고로 통하는 유리창으로도 엄청난 섬광이 상황실로 들이치면서 해일처럼 모든 것을 집어삼켰다.

화이트아웃 현상.

지완과 동료들은 순간적으로 시력을 잃고 눈을 감았다. 그리고 잠시 후. 빛이 사라지고 시력을 회복한 지완은 놀란 얼굴로 홀로그램을 쳐다보았다.

"트로츠키는?"

조 실장이 물었다.

"서, 서, 성…… 성공한 건가?"

지완은 말없이 격납고를 확인했다.

트로츠키가 사라지고 없었다. 홀로그램 영상으로도 나타나지 않았다. 모든 데이터가 말해주고 있었다. 트로츠키가 더 이상 '오늘'에 존재하지 않는다고.

"Will you still love me Tomorrow?"

지완이 나직이 중얼거렸다.

"뭐라고?"

조 실장이 고개를 갸웃하며 되물었다.

지완은 그를 무시하고 계기반을 확인했다. 아직 성공을 낙담하기엔 이르다. 동력실을 맡았던 문순이 돌아왔다.

"성공한 거죠, 우리?"

숙이 다가와 물었다.

"아직 몰라. 돌아와야 성공이지."

지완이 애써 침착한 목소리로 대꾸했다.

그때 여기저기서 거의 동시에 알람이 울렸다. 각자 가지고 있는 IT패널, 휴대폰으로 메시지가 도착했음을 알리는 수신음이었다.

"어? 팀장님이 보낸 거네?"

제일 먼저 확인한 숙이 반가운 목소리로 외쳤다.

"미래에서?"

영식이 실없이 물었다.

"에이, 무슨 예약메일!"

숙이 실소를 머금고 말했다.

"아, 예약메일."

영식은 아쉽다는 듯 입맛을 다셨다. 지완은 낙담하는 영식을 보고 피식 웃더니, 우석에게서 받은 메일을 확인했다.

"하여간에 센스하고는."

메일 제목이 촌스럽게도 〈축! 성탄절!〉이었다. 우석다운 작명센스라고 생각하며 지완은 동영상 메일을 열어보았다.

화면 속의 우석은 카메라를 보고 말하는 게 어색한지 낮게 헛기침을 몇 번 하고는 천천히 말문을 열었다.

"지완아, 네가 이걸 열어볼 때쯤이면 아마 난 내일에 있겠지?"

이 양반. 혼자서라도 강행할 생각이었구나. 예약 메일이라는 걸 감안한다면 틀리지 않은 예측이다. 지완은 못 말리겠다는 듯 고개를 흔들었다.

"넌 아마 모르겠지만 네가 잘 다니던 의대 그만두고 갑자기 물리학과로 편입한다고 했을 때, 너희 엄마가 날 아주 갈아 먹으려고 하셨다. 아침댓바람부터 전화하셔서 너 물들여 놨다면서 얼마나 욕을 하셨는지. 어휴, 그때만 생각하면 지금도……."

우석이 어울리지 않게 엄살을 피우자 지완은 자기도 모르게 살며시 미소를 지었다. 동영상 속의 우석이 헛기침을 하고는 다시 말을 이었다.

"이런 이야기, 좀 낯 뜨겁긴 하지만 넌 나한테 정말 소중한 놈이다. 솔직히 과외 할 때나 내가 네 선생이었지, 같은 팀에서 연구할 때는 어엿한 내 동료였고, 또 때로는 스승이었다. 그리고 처음으로 말하는 건데, 이 프로젝트는 너 없었으면 여기까지 오지도 못했어. 아, 이거 말하고 나니 더 오글거리네. 암튼, 인마. 메리크리스마스다. 3년만의 휴가, 영은이랑 아주 뜨겁게 보내라!"

　동영상은 거기까지였다.

　"형도, 메리 크리스마스."

　지완은 나직이 중얼거리며 메일을 닫았다.

　그렇게 지완을 비롯해서 다들 우석이 보낸 메시지를 확인하는 사이, 조 실장은 조용히 상황실을 빠져나왔다. 그러고는 곧장 우석의 연구실로 향했다. 팀원들 중 누구도 그에게 관심을 두지 않았다. 다들 우석의 메시지를 확인하느라 정신이 없었다. 그런 무관심 속에서 우석의 연구실로 온 조 실장은 디지털잠금장치가 된 메탈 서류케이스를 캐비닛에 넣었다.

03.
내일, 그러나
바라지 않던

아무런 위험을 감수하지 않는다면
더 큰 위험을 감수하게 될 것이다.

(에리카 종)

"헉!"

트로츠키 내부. 웜홀을 통과하는 과정에서, 쇼크로 정신을 잃었던 우석이 거칠게 숨을 토하며 눈을 번쩍 떴다.

우석은 눈앞의 계기반부터 확인했다.

⟨DEC 25 am 11:02⟩

⟨출발시점으로부터 경과 시간. 24시간 02분 56초, 57초, 58초…….⟩

우석은 잠시 멍하니 바라만 보았다. 곧이어 영은도 의식을 되찾았다.

"팀, 팀장님?"

"정신 차렸니?"

"네. 괜찮으세요?"

"어, 보다시피 멀쩡하다. 넌?"

"저도요."

"네, 기도가 먹혔나보다."

우석이 씩 웃으면서 말했다.

"성공, 한 건가요?"

영은이 조심스럽게 물었다.

"모르겠다. 그건. 직접 확인해보면 알겠지?"

"그럼 뭘 망설여요. 시간도 많지 않은데."

영은의 말이 옳았다. 망설일 틈이 없었다. 주어진 시간은 고작 15분 미만이다. 우석은 팔목에 찬 시계의 타이머를 확인했다. 남은 시간은 12분이 채 되지 않았다. 우석은 입술을 깨물었다. 기절한 동안에 벌써 3분이나 허비한 것이다.

"서두르자."

우석은 영은과 함께 트로츠키에서 내렸다. 두 사람은 걸음을 떼다가 말고 멈칫하더니, 네거티브 에너지의 영향인지 하얗게 성에가 낀 트로츠키를 돌아보았다. 단지 보는 것만으로도 얼어붙는 느낌이 들었다. 어딘가 모르게 오싹한 기분마저 들었다. 그렇게 두 사람은 불안한 마음을 떨쳐내지 못한 채, 메인 통로로 나왔다.

"너무 어둡지 않아요?"

영은이 우석과 나란히 걸으면서 물었다. 아닌 게 아니라 너무 어두웠다. 그나마 통로 벽면 하단의 비상등이 없었더라면 눈뜬장님이었을 것이다. 그래도 조도가 형편없이 낮은 비상등의 불빛만으로는 시야를 제대로 확보하기 어려웠다.

"뭐 생각해보면 이상할 것도 없지. 지금쯤이면 다들 휴가를 갔을 테니까. 빈집에 불을 켜둘 일은 없잖아."

우석은 별일 아니라는 듯이 말했다.

"그렇긴 해도 앞이 잘 안 보이니까 좀 불편하네요."

"조금만 기다려봐. 저 앞에 콘솔이 있으니까 불편한 건 금방 해결될 거야."

"네."

영은은 고개를 끄덕였다.

콘솔 근처에 거의 다다랐을 때, 우석은 뭔가를 밟고 걸음을 멈추었다. 발아래에서 전자음으로 크리스마스 캐럴이 흘러나왔다. 성탄카드였다. 우석은 발을 떼고는 무릎을 꿇고 카드를 주웠다. 카드 겉면에는, 디즈니를 대표하는 유명 캐릭터 중 하나인 미키마우스가 애견인 플루토와 함께 산타클로스와 루돌프 분장을 하고 환하게 웃고 있었다. 취향만 보면 숙의 카드가 틀림없었다.

우석은 카드를 열어보았다. 안에서 폴라로이드 사진이 나왔다. 팀원들이 촛불을 밝힌 케이크를 들고 환하게 웃으며 찍은 단체사진이었다. 사진 아래에 사인펜으로 흘겨 쓴 '성공했겠죠? 무사귀환 하십쇼!'라는 문구가 적혀있었다. 필체를 보니 카드의 주인은 숙이 아니라 영식이었다. 그런데, '하십쇼!' 부분의 잉크가 번져있다. 동그랗게 물방울이 떨어진 흔적도 있었다.

우석은 피식 웃으며, 사진을 영은에게 보여주었다.

"보세요, 팀장님! 우리가 떠난 직후에 찍은 사진이에요.

자, 여기."

영은이 잔뜩 상기된 표정을 지으며 단체사진의 배경으로 잡힌 디지털 벽시계를 가리켰다. 시계의 숫자는 12월 24일 11시 10분을 가리키고 있었다. 우석은 자신이 미처 발견해지 못했던 부분을 다시 한 번 확인했다. 영은의 말이 맞았다. 이 단체 사진은 두 사람이 타임머신을 타고 떠난 직후에 찍은 것이었다.

"맞죠? 우리, 성공했어요."

우석과 영은은 감격에 젖어서 잠시 말을 잇지 못했다. 그러다가 두 사람은 문득 말로 설명할 수 없는 어떤 위화감을 느끼고 동시에 고개를 들었다. 군데군데 켜진 비상등들의 불빛에 비친 복도는 어딘가 모르게 으스스해보였다. 단지 기분 탓이라곤 해도 너무 오싹했다.

영은이 콘솔박스를 열고 전원스위치를 올렸다. 하지만 기대와는 달리 전원이 들어오지 않았다. 영은이 몇 번이고 스위치를 올려보았지만 결과는 마찬가지였다. 뭔가 이상했다.

"팀장님, 메인전력이 차단됐어요. 보세요, 불이 들어오지 않아요."

"휴가를 갔어도 메인전력은 그대로 둘 텐데?"

우석은 그럴 리 없다는 듯이 중얼거렸다.

그때 어딘가에서 폭발음이 들렸다.

깜짝 놀란 두 사람은 서로 마주보았다.
"뭐야? 방금 들었어? 이거 어디서 나는 소리야? 뭔가 폭발하는 소리 같은데……."
"방향을 보면 동력실 쪽인 것 같아요."
"동력실?"
바로 그 순간 영은이 소지한 휴대용 패널에 〈귀환시스템 위험 요소 발생, 긴급 점검 요망〉이라는 메시지가 떴다.
"팀장님!"
우석은 재빨리 타이머를 확인했다.
머물 수 있는 한계 시간은 앞으로 9분 30초.
"일단 너는 트로츠키로 돌아가서 귀환프로그램을 점검해. 난 계약서를 가져올게."
"서두르세요. 정신을 잃는 바람에 3분이나 허비했어요."
"알고 있어. 다녀올게!"
우석은 곧바로 콘솔박스에서 펜라이트를 챙겨서 연구실로 달려갔다.
홀로 남은 영은은 불안한 눈빛으로 주변을 살폈다.

* * *

우석은 숨을 몰아쉬며 정신없이 뛰었다. 흔들리는 펜라이트의 불빛에 비친 복도의 모습은 어딘가 모르게 몹시 어수선했다. 시간이 워낙 촉박해서 가급적 외면하려고 했지만 불안한 심리 탓인지 자꾸만 눈길이 갔다. 그러다가 무심결에 벽을 짚었는데 기분 나쁜 감촉이 느껴졌다. 우석은 흠칫 놀라며 불빛을 비추었다.

손바닥에 묻은 그것은 피였다!

뿐만 아니라 벽이며 바닥 할 것 없이 온통 피바다였다. 피가 고여 웅덩이를 이룬 것도 보였다.

"이게 다 뭐지……."

우석은 너무 놀란 나머지 충격을 받고 그대로 얼어붙어버렸다.

"대체 무슨 일이 벌어진 거야."

겨우 정신을 수습한 우석은 황급히 자신의 연구실로 달려갔다. 조금이라도 지체하고 싶지 않았다. 머릿속에는 한시라도 빨리 이곳을 벗어나고픈 생각뿐이었다.

숨을 헐떡이며 단숨에 연구실까지 달려간 우석은 전원스위치를 올렸다. 역시 불은 들어오지 않았다. 영은의 말처럼 메인전력이 차단된 것 같았다. 순간 뒤쪽에서 우당탕거리는 소리가 들렸다. 우석은 화들짝 놀라 뒤를 돌아보았다. 불빛을 비추어보았지만 아무것도 없었다. 어쩌면 벽면 너머의 상황실에서 들려오는 소리인지도 몰랐다.

우석은 마른침을 삼키며 조심스럽게 벽면을 밀어보았다.

"거기, 영은이니?"

아무도 없었다. 어두컴컴한 상황실은 비상등 몇 개만 간신히 기능을 하고 있었다. 환청을 들었나 싶어 손바닥으로 이마를 가볍게 두드리는데, 조금 전의 폭발음이 이번에는 여러 차례 울렸다. 다시금 억눌렀던 불길함이 엄습했다. 희미하게, 멀리서 비상벨이 울리는 것 같았다.

우석은 서둘러 캐비닛을 열었다.

안에는 디지털 잠금장치가 돼 있는 메탈케이스가 들어있었다.

우석은 패스워드를 누르고 케이스를 열었다. 케이스 안에는 조 실장이 본사에서 받아온 계약서가 들어있었다.

"……."

우석이 계약서를 들쳐보려는 찰나, 갑자기 뒤에서 인기척이 들렸다. 미처 뒤를 돌아볼 틈도 없이 누군가가 달려와 둔기 같은 것으로 우석의 머리를 내리쳤다.

"악!"

우석은 비명을 지르며 비틀거렸다. 손에 쥐고 있던 펜라이트가 떨어지면서 저만치 굴러갔다. 상대는 정신을 차릴 틈도 주지 않으려는 듯, 뒤에서 덮치더니 억센 두 팔로 우석의 목을 단단히 감고 조이기 시작했다. 속수무책이었다. 벗어나보려고 버둥거렸지만 앞서 둔기로 머리를 맞은 탓인지 몸에 힘이 들어가지 않았다. 점점 의식이 멀어지고 시야도 흐릿해져 갔다. 우석은 그 와중에도 손을 뻗어 바닥에 흩뿌려진 재계약 서류들을 잡으려고 했다.

"으으으……."

이대로 있으면 죽을지도 모른다!

위기감을 느낀 우석은 필사적으로 몸부림쳤다. 젖 먹던 힘을 다해 상대를 뿌리치던 중에 운 좋게도 팔꿈치가 그의 턱을 때렸다. 그러자 우석의 목을 조이던 팔이 다소 느슨해졌다. 틈을 놓치지 않고 우석은 그 상태에서 고함을 지르며 벽으로 몸을 날렸다. 우석을 뒤에서 끌어안고 있던 상대가 벽에 등을 부딪치면서 낮게 신음을 토했다. 잠시나마 자유로워지는가 싶었다. 우석은 구역질을 하며 체내에 부족해진 산소를 공급하기 위해 숨을 몰아쉬었다.

하지만 상대는 다시 우석을 공격했다.

찰거머리가 따로 없었다.

우석이 몸을 흔들며 거칠게 저항하자, 이번에는 철사 같은 것으로 우석의 목을 조였다. 우석은 목이 타들어가는 것 같은 극렬한 통증을 느끼며 두 다리를 버둥거렸다. 그러면서 뭔가 잡아보려고 필사적으로 손을 뻗어 책상 위를 더듬거렸다.

손끝에 기다란 물건이 느껴졌다!

만년필이었다.

바로 그때 우석을 공격하던 상대가 뭔가를 보고 놀랐는지 멈칫거렸다.

절호의 기회였다.

우석은 손끝에 걸린 만년필을 힘껏 움켜쥐고 빙글 몸을 돌렸다. 그러고는 생각할 겨를도 없이 손에 쥔 만년필을 놈의 어깨에 꽂았다. 우석을 집요하게 괴롭히던 상대가 비명을 지르며 우당탕 넘어졌다. 동시에 우석도 목을 조르던 철사 같은 것에서 자유로워지면서 그대로 주저앉았다.

"씨발, 누구야?"

우석은 숨을 몰아쉬며 자신을 급습한 상대를 찾았다. 하지만 어느 틈엔가 사라지고 없었다. 우석은 분하다는 듯 씩씩거리며 책상을 짚고 일어섰다. 그때 밖에서 발소리가 들렸다. 격투를 벌이는 동안에는 몰랐는데 폭발음이 이제 연이어 들리고 있었다.

'놓치지 않겠어!'

우석은 복도로 뛰어나갔다

"꺅!"

날카로운 비명소리가 들렸다.

영은이었다.

"영은이니?"

"뭐예요. 깜짝 놀랐잖아요."

"미안. 귀환 프로그램은 어떻게 됐어?"

"TCC(텅스테이트 크리스탈 컨버터)트렌스를 교체해야 해요. 웜홀을 통과할 때 문제가 생긴 것 같아요. 컴퓨터 분석으로는 탄성 한계 이상의 인장 하중이 발생했대요. 이대로는 웜홀 통과 지연가능성이 75퍼센트나 돼요. 근데 계약서는요? 왜 빈손이에요?"

영은은 상황을 설명하다가 뒤늦게 생각났다는 듯이 물었다.

"지금 그게 문제가 아니야."

우석이 고개를 가로저었다.

"네? 무슨 말씀이세요?"

"아무래도 우리가 떠난 직후에 여기서 무슨 일이 일어난 게 분명해. 그것도 아주 심각한 문제……."

"그게 뭔데요?"

"그건 나도 몰라."

"모른다고요?"

영은이 황당하다는 얼굴로 쳐다보았다.

"일단 CCTV 파일을 복사해 가야겠어. 넌 먼저 타."

"조금 전, 제 말을 못 들었어요? TCC를 교체하지 않으면……."

영은의 말이 채 끝나지도 않았는데, 우석은 급히 상황실 쪽으로 뛰어갔다.

"팀장님!"

"너 먼저 가라고!"

그러고는 우석은 상황실로 사라졌다.

영은은 우석이 사라진 방향을 황망히 바라보다가 퍼뜩 정신을 차리곤 황급히 비품실로 뛰어갔다. 무사히 귀환하려면 TCC트렌스가 필요했다.

간헐적으로 울리던 폭발음이 점점 또렷하게, 그리고 더 자주 들렸다. 그럴 때마다 덩달아 영은의 마음도 불안해졌다.

비품실로 온 영은은 서둘러 TCC를 찾았다. 수납박스들을 모두 뒤졌지만 조바심 때문인지 쉽게 찾을 수 없었다. 그사이에 타이머의 시간은 빠르게 지나갔다. 영은은 발을 동동 구르다가 신경질적으로 뒤쪽 수납함을 걷어찼다. 그러자 뭔가 툭하고 바닥에 굴러 떨어졌다. 그것은 투명한 막대처럼 생긴 TCC트렌스였다.

"찾았다!"

영은은 저도 모르게 기쁜 나머지 소리를 지르며 TCC를 주워들었다.

황급히 타이머를 확인하니 5분도 채 남지 않았다. 시간이 얼마 없었다. 영은은 TCC를 꼭 움켜쥐고 격납고로 향해 달렸다.

 에어 록 부근의 복도를 지날 때였다.

 모퉁이를 돌자마자 발을 내딛는 순간, 영은은 갑자기 바닥이 푹 꺼지는 느낌에 사로잡혔다. 실제로 바닥에 커다란 구멍이 뚫려있었다. 어찌해볼 틈도 없이 영은은 그 구멍으로 떨어지고 말았다.

 "아악!"

 영은이 비명을 질렀다.

 빠르게 멀어지는 비명소리에 섞여, 앞으로 90초도 채 남지 않았다는 타이머의 경고음이 울려 퍼졌다.

* * *

 상황실도 아수라장이긴 마찬가지였다. 바닥에 피가 흥건해서 발을 딛기가 두려웠다. 하지만 지체할 틈이 없었다. 우석은 욕지기를 간신히 억누르며 컴퓨터 앞에 앉아 슬롯에 휴대용 패널을 꽂고 CCTV 파일을 복사했다. 데이터들이 복사되는 동안, 우석은 마음을 진정시키기 위해 호흡을 가다듬다가 무심코 바닥을 내려다보았다.

 불에 타다만 종이쪼가리가 보였다. 뒤집으니 눈에 익은 필체로 휘갈겨 쓴 숫자들이 보였다. 하지만 대부분 불에 타서

읽을 수 있는 게 별로 없었다. 우석은 눈으로 남은 부분을 빠르게 읽었다.

ㅅ…….

A.05?

A.10.22.3

A.11.0

그냥 보기엔 난수표나 수열처럼 보였다. 하지만 극히 일부만으로는 정확한 판단을 할 수 없었다. 본능적으로 외우긴 했어도 무엇을 의미하는 숫자들인지는 전혀 감도 잡히지 않았다. 몇 번을 읽어봐도 마찬가지였다.

그사이에 파일 복사가 끝났다는 신호음이 울렸다.

우석은 서둘러 패널을 뽑았다.

그와 동시에 타이머가 경고음을 울리기 시작했다.

남은 시각은 겨우 90초. 이젠 정말 조금도 지체할 틈이 없었다. 우석은 상황실을 빠져나와 이를 악물고 격납고로 달려갔다.

휴대용 패널에 귀환 프로그램이 복구되었다는 메시지가 떴다. 영은이 성공한 모양이었다.

우석은 기운을 차리고 힘껏 내달렸다.

귓가에선 타이머의 경고음이 긴박하게 울렸다.

35초, 34초, 33초…….

마침내 격납고가 시야에 들어왔다.

우석은 결승선을 통과하듯 격납고 출입구로 몸을 던졌다. 우석이 격납고로 들어서자 요란하게 사이렌을 울리며 출입문이 서서히 닫히기 시작했다.

"하아, 하아."

우석은 거칠게 숨을 내쉬며 서둘러 트로츠키에 올라탔다. 그러자 계기반의 메인스크린에 메시지들이 연달아 나타났다.

— 탑승완료.

— 귀환 시스템 가동.

우석은 한숨을 돌리며 그때서야 옆을 보았다. 영은의 자리가 비어있었다. 깜짝 놀라서 모니터를 보았지만, 탑승을 완료했다는 메시지만 나타났다.

"영은아? 뭐야, 이 깡통 새끼. 영은이가 안 보이잖아."

그때 외부 상황을 보여주는 모니터에 영은의 모습이 보였다. 막 닫히기 시작한 격납고 출입문 바깥에서 이쪽으로 달려오고 있었다. 우석은 황급히 일어나 문을 열고 나가려고 했다. 하지만 문이 열리지 않았다. 수동조작을 하려고 버튼을 누르자, 경고음과 함께 메인스크린에 메시지가 떴다.

— 경고: 귀환 프로그램 가동. 수동조종 전환불가.

몇 번을 눌러보았지만 문은 꿈쩍도 하지 않았다.

우석은 고함을 지르며 계기반을 주먹으로 내리쳤다.

"이 망할 기계야! 영은이가 아직 타지 않았잖아. 빨리 이 빌어먹을 문을 열란 말이야! 씨발, 어서! 영은아! 영은아!"

바람과는 달리 문은 열리지 않았다.

이윽고 격납고의 출입문마저 닫히고 말았다. 영은의 모습도 시야에서 사라져버렸다. 바로 그때 타이머가 울렸다. 한계시간인 15분이 모두 지난 것이다. 그것을 신호로 기다렸다는 듯이 트로츠키가 심하게 요동치기 시작했다.

"안 돼!"

04.
귀환

수 마일의 거리가 당신과 친구를 떼어 놓을 수도 있다.
하지만 사랑하는 누군가와 정말 함께 있고 싶다면,
이미 거기 가 있지 않겠는가?

(리처드 바크)

"평생 이메일 같은 거 안 보내던 사람이 새삼스럽게 크리스마스카드를……. 아, 적응 안 된다. 적응 안 돼."
영식이 고개를 절레절레 흔들었다.
"테스트 비행 앞두고 팀장님도 얼마나 싱숭생숭했겠어요. 그래, 이러지 말고 우리 단체로 답장 써요!"
숙이 말했다.
"답장?"
"네!"
숙은 씩씩하게 대답하더니 어느 틈에 준비해뒀는지 케이크를 가지고 왔다.
"이야, 그런 건 또 언제 준비했대?"
영식이 진심으로 감탄했다는 듯이 물었다.
"왠지 꼭 필요할 거란 예감이 들었어요."
"오호, 역시 박사님이라 그런가. 촉이 좋아, 촉이. 혹시, 초도 있어?"
"그럼요. 여기에 초가 빠지면 안 되죠."
"대단해. 정말로 대단해. 인정, 인정!"
문순과 숙이 케이크에 초를 꽂고 불을 붙이는 사이에, 조 실장이 어슬렁거리며 나타났다.

"어라, 그 케이크는 뭐야?"

조 실장이 물었다.

숙은 대답 대신에 조 실장에게 폴라로이드 카메라를 덥석 안겼다.

"엥?"

"조 실장님, 부탁해요."

그러고는 대답도 듣지 않고 케이크를 들고 동료들과 함께 나란히 섰다.

조 실장은 떨떠름한 표정을 지으며 카메라를 들었다.

케이크를 든 숙이 가운데에 서고, 좌우로 영식과 문순이, 그리고 맨 오른쪽에는 지완이 자리를 잡았다. 그들 뒤로 벽에 걸린 디지털시계가 11시 10분임을 알려주고 있었다. 조 실장은 이왕이면 시계까지 사진에 나오도록 뒤로 한걸음 물러섰다.

"자, 찍는다. 다들 좀 웃어봐."

네 사람은 모두 환하게 웃으며 카메라를 바라보았다. 조 실장은 셋까지 세고 셔터를 눌렀다.

"어디 보자, 잘 나왔나?"

숙이 케이크를 문순에게 떠넘기고 쪼르르 달려와서는 낚아채듯이 조 실장의 손에서 폴라로이드 카메라를 뺏어들었다.

"우왕, 잘 나왔다!"
다들 사진을 돌려보면서 한마디씩 거들었다.
"그래?"
영식이 자기도 보자면서 사진을 달라고 했다.
"오오, 역시. 내가 탈은 좋다니까. 내가 봐도 정말 미남이야, 흐흐흐."
그렇게 눙치면서 영식은 사진 아래에 사인펜으로 '무사귀환 하십쇼!'라고 적었다. 그러고는 어디서 났는지 앙증맞은 디즈니 캐릭터가 그려진 카드를 가져와 그 사이에 사진을 끼워 넣었다. 덕분에 조 실장은 사진 구경을 하지 못했다.
"이제 2분쯤 남았나?"
조 실장이 자기만 사진을 보여주지 않아 서운했는지 퉁명스럽게 물었다.
"3분이요."
문순이 시간을 정정해주었다.
"그래? 15분이 생각보다 기네."
"원래 시간은 상대적이잖아요."
숙이 말했다.
"아아, 잠깐. 이걸 빌미로 괜히 물리학 강의를 할 생각은 하지 마. 정말 사양하겠어."
조 실장이 지레 겁을 먹고 손사래를 쳤다.

"아, 넵."

숙이 장난스럽게 경례를 붙였다.

"잡담은 그만. 다들 대기해. 귀환 예정 시각이 임박했어."

지완의 말이 끝나기가 무섭게 각자 자리로 돌아갔다.

그때 벨소리가 울리더니 진즉에 동력실로 돌아간 문순이 모니터에 나타났다.

"블랙홀 에너지가 감지됐어요."

문순이 말했다.

지완은 시간을 확인했다.

오전 11시 14분 45초. 예정 시간까지 15초가 남았다. 어떤 의미에선 지금이 가장 중요한 순간이다. 찰나의 오차가 영원한 시간이 미아로 만들 수 있기 때문이다.

"숙아, 반중력 체크해."

지시가 떨어지기도 전에, 숙이 먼저 계기반을 확인했다.

홀로그램 영상에 웜홀이 등장하고, 트로츠키의 모습도 보였다. 뒤로 물러나있던 조 실장이 바짝 다가왔.

순간 떠날 때와 마찬가지로 폭발적인 섬광이 모두의 시야를 가렸다.

빛이 사라지고, 텅 비어있던 격납고 중앙에 '트로츠키'가 다시 모습을 드러냈다.

"돌아온 거야?"

영식이 혼잣말로 중얼거렸다.

지완이 제일 먼저 자리를 박찼다. 뒤이어 숙과 영식도 그를 따라나섰다. 조 실장도 허둥대며 격납고로 달려갔다. 중간에 문순이 합류했다.

단숨에 격납고까지 달려간 일행은 하얗게 성에가 서린 트로츠키와 마주하자 누가 먼저랄 것도 없이 그 자리에 얼어붙었다.

지완과 동료들은 숨소리도 내지 않고 조용히 트로츠키의 문이 열리길 기다렸다.

죽음 같은 침묵 속에서 적지 않은 시간이 흘렀지만 굳게 닫힌 타임머신의 문은 좀처럼 열리지 않았다.

슬슬 조바심이 나기 시작했다.

그럼에도 누구 하나 나서는 사람 없이 침착하게 기다렸다. 심지어 조 실장마저도 초인적인 인내심을 발휘했다. 사실 그는 인내심보다는 두려움이 더 컸다. 그의 얄팍한 지식으로는 도무지 알 길이 없는 어떤 미지의 에너지가 타임머신을 감싸고 있다면 어떤 해를 입을지 모를 일이기 때문이었다.

몇 분이 더 흘렀다.

결국 인내심이 바닥난 조 실장이 더는 참지 못하고 앞으로 나섰다.

바로 그때 영원히 열리지 않을 것 같았던 트로츠키의 문이

쉭 소리를 내며 열렸다. 그리고 안에서 우석이 비틀거리며 나왔다.

"도, 도, 돌아왔어. 정말로……."

두 눈으로 보고도 믿기 힘든지 조 실장이 말을 더듬었다.

"성공이야! 성공!"

영식이 만세를 불렀다.

숙과 문순이 환호하며 얼싸안았다.

지완도 감격에 겨운지 입을 틀어막으며 기뻐했다.

그사이에 우석이 힘겹게 걸어 나왔다.

"오오! 축하……."

어느 틈에 챙겼는지 영식이 케이크를 들고 달려가다가 우석의 굳은 얼굴을 보고 흠칫 놀라며 동료들을 돌아보았다.

"팀장님, 언니는요?"

숙이 조심스럽게 물었다. 그때서야 다들 뭔가 심상치 않다는 걸 깨달았다. 영은이 보이지 않았다.

귀환한 사람은, 우석뿐이었다.

"뭐야, 어떻게 된 거야. 어떻게 된 거냐고, 형……."

지완의 눈동자가 흔들렸다.

우석은 아무 말도 하지 않고 침울한 표정으로 고개를 푹 숙였다.

　　　　　　＊　＊　＊

"정리 좀 해보자고. 그러니까 뭐야, 영은 양은 미래에 남아 있다는 얘긴가?"

　조 실장이 심각한 얼굴로 물었다.

　다들 상황실에 모여, 우석의 보고를 전해들은 후였다. 거의 초상집 분위기였다.

"……."

　평상복으로 갈아입은 우석은 침통한 얼굴로 말없이 바닥만 내려다보고 있었다. 지완이 그런 우석을 사납게 쏘아보았다.

"이제 어떡할 건가?"

　조 실장이 다시 물었다.

"데려 와야죠. 돌아가서……."

　지완이었다.

"돌아간다고?"

　조 실장이 그게 가능하냐는 듯 우석을 쳐다보았다. 우석은 여전히 동료들의 시선을 외면하고 있었다.

"무리에요. 코어에너지 충전하는 데 서른 시간이 걸립니다."

　문순이 말했다.

"그래?"

조 실장은 한쪽 눈을 치켜뜨며 달리 뾰족한 수가 있냐는 투로 되물었다.

"가만, 미래라고 해봤자 하루 뒤에 있는 거 아닌가요? 이대로 24시간 지나면?"

숙이 끼어들었다.

우석은 여전히 침묵으로 일관했다.

"별일 있겠어? '내일'이면 어차피 텅 빈 연구손데."

영식이 지완을 의식하며 대수롭지 않다는 듯이 말했다.

'텅 빈 연구소!'

우석이 움찔했다.

"이것 봐요, 박 선생님. 지금 자기 일 아니라고 그딴 식으로 얘기합니까? 뭐가 어째요, 별일 아니라고요?"

평소랑 달리 지완이 크게 흥분하며 언성을 높였다.

"아니, 나는 그냥……."

영식이 도움을 바란다는 듯 숙을 쳐다보았지만, 숙은 매정하게 고개를 돌려버렸다.

"미안해. 난 그런 뜻으로 말한 게 아니었어. 사과할게."

"말, 함부로 내뱉지 말란 말입니다!"

지완이 거칠게 쏘아붙였다. 이토록 불같이 화를 내는 모습은 지완과 오랫동안 알고 지낸 우석도 거의 처음 보았다.

"알았어. 정말로 미안해."

영식은 거듭 사과하며 고개를 숙였다.

그때까지도 침묵으로 일관하고 있는 우석에게 조 실장이 다가와 다른 사람에겐 들리지 않도록 귓속말로 물었다.

"본사엔 뭐라고 말할 작정인가?"

우석이 고개를 들어 조 실장을 쳐다보았다. 조 실장은 자기 입장도 생각해달라는 듯이 어깨를 으쓱해보였다.

"그러니까 나잇값 좀 하라고요!"

지완이 좀처럼 흥분을 가라앉히지 못하고 계속해서 영식을 힐난했다. 그러자 영식도 더는 못 참겠는지 얼굴을 붉히며 언성을 높였다.

"뭐? 나잇값? 이 친구가 정말 보자보자 하니까 말이야. 이봐, 박사면 다 그런 거야? 허구한 날 사람을 무시하고 말이지. 난 뭐 자존심도 없는 줄 알아. 항상 웃는 얼굴로 받아주니까 아주 내가 우습지?"

"아이 참, 두 분 다 왜 그러세요. 뭐해, 문순 씨! 좀 말려봐."

"어? 어어, 그래."

결국 가장 나이가 어린 숙과 문순이 나서서 두 사람을 뜯어말렸다. 하지만 한번 감정이 상하자 두 사람 모두 쉽게 화를 가라앉히지 못했다. 둘 다 물러서지 않고 팽팽하게 맞서자, 이대로는 안 되겠는지 숙과 문순은 각각 한 사람씩 맡아서 상황실 밖으로 데리고 나갔다. 두 사람은 끌려 나가면서도 언쟁을 멈추지 않았다. 지완과 영식이 내지르는 고함 소리가 복도에 쩌렁쩌렁하게 울렸다.

이윽고 고성이 잠잠해지고 다시 정적이 찾아왔다.

상황실엔 우석과 조 실장, 둘만 남았다.

"이봐, 정 박사. 뭐라고 말을 좀 해봐. 곧 본사에 보고를 해야 한단 말이야. 나도 좀 뭘 알아야 변명을 해줄 수 있잖아."

먼저 조 실장이 말을 꺼냈다.

"……."

우석이 조 실장을 물끄러미 바라만 보았다.

"뭐, 영은 씨 일은 안 된 거지만 어쨌든 시간여행에 성공한 건 사실이잖아. 회장님께 보고하면 아마 큰 관심을 보이실 거야. 철회했던 투자문제도 해결될지 몰라. 좋은 게 좋은 거잖아. 긍정적으로 생각하고 같이 머리를 맞대보자고."

조 실장이 실실 웃으면서 말했다. 몇 번을 봐도 친밀하게 느껴지지 않는 미소라고 우석은 생각했다. 그래서 더 부아가 치밀었다. 지금 같은 상황에선.

"긍정적으로?"

우석은 잡아먹을 듯이 조 실장을 노려보았다. 그때 시그널이 울리더니 메인스크린에 세르게이의 모습이 나타났다. 정말, 기가 막힌 타이밍이었다.

"자, 회장님께서는 기분 좋은 소식을 들을 준비가 돼있습니다. 테스트 비행의 결과는 어떻게 되었습니까, 정 박사님?"

세르게이가 미소 띤 얼굴로 물었다. 다분히 가식적인 웃음이었다. 조 실장이 흘끔 우석의 눈치를 살피더니 뭔가 말을 꺼내려고 했다. 하지만 우석이 한 박자 빨랐다.

"이런 소식을 전하게 되어서 유감입니다만, 코어에너지 충전에 약간의 착오가 생겨서 테스트 비행 못했습니다. 이틀만 더 말미를 주십시오."

"……!"

조 실장이 화들짝 놀라며 우석을 쳐다보았다.

"어떻게 된 겁니까, 미스터 조?"

세르게이가 딱딱하게 굳은 얼굴로 물었다. 조 실장이 완전히 흙 씹은 얼굴로 우석을 쳐다보았지만, 우석은 그에게 눈길조차 주지 않았다.

"미스터 조?"

세르게이가 재촉하듯 조 실장을 재차 불렀다. 연구소 스태프들에겐 걸핏하면 거드름을 피우는 그도 세르게이 앞에서는 제대로 기를 펴지 못했다.

"그게 저도 방금 보고받았습니다. 상황을 파악 중입니다."

조 실장은 식은땀을 흘렸다.

"그럼 귀환 잠수정은?"

이번에는 세르게이가 우석을 바라보며 물었다.

"이쪽 상황이 정리될 때까지 출발시키지 말아주십시오."

"유감이군요. 일단 회장님께 그렇게 보고하겠습니다."

세르게이는 마지막에 수긍하기 어렵다는 표정을 지었지만 별다른 말은 덧붙이지 않았다. 그는 인사도 없이 통신을 끊었다.

껄끄러운 상대가 퇴장하자, 조 실장이 고개를 휙 돌리더니 분통을 터뜨렸다.

"지금 이게 뭐하는 짓이야! 왜, 사실대로 말하지 않은 거야. 이봐, 정 박사! 말 좀 해봐. 대체 왜 감춘 거야? 혹시 시간여행의 후유증으로 정신이 어떻게 된 거 아니야?"

"영은이 문제의 해결이 먼저입니다."

"뭐라고? 당신 지금……."

조 실장은 너무 흥분한 나머지 말을 제대로 잇지 못했다.

"이 문제를 가지고 더 논할 생각은 없습니다. 그럼."

우석은 일방적인 선언을 하고는 뒤도 돌아보지 않고 상황실에서 나가버렸다. 격분한 조 실장은 입술을 파르르 떨었다.

"감히 과학자 나부랭이 따위가 나를 똥 취급해? 이 개새끼가 진짜……."

* * *

영식과 지완을 떼어놓고 상황실로 돌아오던 숙과 문순은 우연찮게 조 실장과 우석이 나누는 대화를 듣고 말았다. 휴가가 취소되었다는 사실에 두 사람은 낙심하고 힘없이 돌아섰다. 다행히 그 뒷이야기는 듣지 못했다. 설사 들었더라도 상심이 커서 귀담아 듣진 않았을 것이다. 두 사람은 숙의 연구실에서 서로를 위로했다.

"결국, 휴가 취소됐어."

숙이 푸념 섞인 목소리로 말했다.

"이 상황에 휴가를 가는 게 더 이상하지."

문순은 숙의 어깨에 손을 얹으며 대수롭지 않다는 듯이 말했다. 애써 태연한 척 하지만 상심하기는 문순도 마찬가지였다.

"이번 휴가, 기대가 컸는데."

"그래봤자 이틀 후로 미뤄진 거잖아."

"그래도."

"뭐 특별한 이벤트라도 준비했던 거야? 으흐흐."

문순이 음흉하게 웃으며 물었다.

숙이 그를 흘겨보았다.

"그런 거 아냐."

"그럼?"

"이번에 휴가 나가면 꼭 같이 가고 싶은 데가 있었단 말이야."

"어딘데 그래? 이번에 못 가면 다음에 가면 되잖아."

"그런 데가 있어."

그러면서 숙이 고개를 푹 숙였다. 정말로 실망이 큰 모양이었다.

"대체 어딘데 그럴까. 사람 무척 궁금하게 만드네. 나 궁금한 게 있으면 못 참는 성격인 거 알면서 그런다."

"미리 알면 재미없어."

"그래도 좀 말해주라, 응?"

문순이 덩치에 어울리지 않게 애교를 부렸다.

"힌트만 줄게."

"힌트?"

"어, 힌트."

숙이 야릇한 미소를 지어보였다.

"무슨 힌트? 말해봐."

"자기한테 아주 소중한 사람을 소개해줄 거야, 거기서."

"아씨, 그러니까 더 모르겠잖아. 아, 몰라. 포기. 그때 가면 알게 되겠지."

"거봐. 포기하면 편하다니까."

"아, 되게 궁금하네."

문순은 고개를 갸우뚱하며 팔짱을 끼고 골똘히 생각에 잠겼다. 말은 포기한다고 했지만 여전히 궁금했던 것이다.

"아, 맞다!"

갑자기 숙이 손뼉을 쳤다.

"왜, 그래?"

문순이 또 무슨 일이냐며 숙을 쳐다보았다.

"내일 말이야. 이렇게 되면 연구소가 텅 빈 게 아니네?"

"응?"

"에이, 바보. 방금 휴가가 취소됐으니까 내일 연구소엔 사람이 있단 얘기잖아."

그때서야 깨달은 문순은 깜짝 놀라는 표정을 지었다.

"어, 정말 그러네? 그러면 뭐가 어떻게 되는 거야? 팀장님은 아무 말씀 없으셨잖아. 휴가가 취소되었으니까 당연히 우리도 연구소에 남아있는 거고, 그럼 우릴 봤어야 정상아냐? 그럼 영은이도 '내일'의 우리랑 만나고 있을 테고……."

"뭐가 좀 이상하지?"

"좀 그러네."

두 사람은 서로를 쳐다보았다.

"혹시, 팀장님이 뭔가 말하지 않은 게 있는 건 아닐까?"

"설마……."

* * *

 뒤숭숭해진 기분도 다잡을 겸, 영식은 귀환에 성공한 트로츠키를 점검하러 정비창으로 발걸음을 옮겼다. 조금 전의 일로 영식은 무척 당황스러웠다. 평소 살갑진 않았어도 그럭저럭 원만한 관계라고 여겼던 지완이 그렇게까지 화를 낼 줄은 미처 몰랐다. 물론 빌미를 제공한 부분은 변명의 여지가 없지만 그렇더라도 평소 누구보다 이성적인 모습을 유지하던 지완의 돌변한 모습은 지금 생각해봐도 너무 의외였다.
 언제나 말실수가 문제다. 스스로 조심한다고 하는데도 몸에 밴 것처럼 쉽게 고쳐지질 않는다. 어쨌거나 좋든 싫든 3년을 동고동락한 동료인데 이렇게 계속 안 좋은 감정을 품을 순 없는 노릇이다. 영식은 기회를 봐서 자신이 먼저 사과하는 게 좋겠다고 생각했다.
 "그래, 한 살이라도 더 먹은 어른인 내가 참아야지. 어쩌겠어, 늙은 게 죄지."
 중얼거리며 정비창으로 들어서던 영식은 여전히 하얗게 성에가 서린 트로츠키를 마주하자 우뚝 멈추더니 자기도 모르게 목을 움츠렸다. 마치 거대한 드라이아이스를 보고 있는 기분이었다.

"그나저나 영은 씨는 어찌 되는 거지. 하루 뒤에서 우릴 기다리고 있을라나. 아니면 계속 우리보다 24시간 뒤로 밀려버리는 건가. 아, 모르겠다. 해골 복잡해지네. 역시 난 과학자가 되지 않기를 잘했어. 물리학? 아, 머리 아파."

영식은 그렇게 자기합리화를 하고는 휴대용 탐지키트를 꺼내 점검에 들어갔다. 외견상으로는 크게 파손된 부분이 보이지 않았다. 정밀한 점검을 해봐야겠지만 동력만 충전하면 다시 비행에 들어가도 큰 문제는 없을 것 같다. 슈퍼컴퓨터조차 정확한 결과를 예측할 수 없는 처녀비행에서 이 정도로 버텼다면 나름 선방한 셈이다.

"애썼다, 애썼어."

영식은 대견하다는 듯 손바닥으로 트로츠키의 외장을 톡톡 두드렸다. 그때 짧은 신호음과 함께 탐지키트 액정에 〈현재 탑승인원 1명〉이라는 메시지가 떴다.

"뭐야, 이거. 센서가 고장이라도 났나?"

영식은 고개를 갸웃하며 탐지키트의 상태를 확인해보았다. 하지만 탐지키트엔 아무런 문제가 없었다. 여전히 액정에는 〈현재 탑승인원 1명〉이라는 메시지가 그대로 있었다.

영식은 잠시 갈등했다.

우석이나 조 실장의 승인 없이 안으로 들어가도 될지 선뜻 판단하기 어려웠다. 아직 아무것도 결정하지 않은 상태라,

사실 승인을 받지 않으면 점검은커녕 아예 머신의 근처에도 오지 않는 게 연구소의 규정이다. 물론 정비책임자에게 시시콜콜한 규정을 들먹여가며 뭣 때문에 허락 없이 점검했냐고 잔소리를 할 사람은 이곳에 없다. 얼마 전, 러시아 스태프들이 모두 철수한 뒤로, 안 그래도 일손이 모자란 판국에 거의 유일한 엔지니어인 영식을 홀대할 만큼 바보들은 아니다. 과학자와 기술자의 영역은 엄연히 다른 법이다. 그리고 그 차이가, 잘난 박사들이 즐비한 이곳에서 영식의 가치를 인정하는 이유이기도 하다. 그렇더라도 지금 분위기를 생각하면 괜히 긁어 부스럼을 만들 필요는 없다. 시키지도 않은 일은 하지 말자. 그게 영식이 터득한 처세술이다.

'그래, 몸을 사리자.'

영식은 뒤로 물러섰다가 다시 탐지키트를 확인했다. 여전히 메시지는 바뀌지 않는다. 차라리 보고를 하는 게 낫지 않을까 하는 생각도 들었다. 그사이에도 메시지가 계속 깜빡거린다. 마치 영식을 채근하는 것 같다.

"아, 모르겠다."

결국 호기심이 영식을 움직였다. 영식은 후회할 걸 알면서도 트로츠키 안으로 들어갔다. 트로츠키 내부는 메인동력을 꺼놓은 상태라 어두컴컴했다. 영식은 타임머신의 자체 전원을 켜고 구석구석을 면밀히 살폈다. 그러다가 문득 계기판

패널의 액정을 보니 〈탑승인원 2명〉이라고 표시하고 있다. 아무래도 이상했다. 아무리 훑어봐도 자신 말고는 보이지 않는데 센서에는 자꾸 두 명이라고 잡힌다. 모름지기 기계는 거짓말을 하지 않는 법이다.

"센서 고장은 아닌 거 같은데……."

영식은 나직이 중얼거리며 걸어 나오다가 뭔가 생각났는지 우뚝 멈추더니 쭈그리고 앉아서 출입문 아래쪽을 살폈다. 왜곡된 시공간에서도 평형을 유지해주는 관성장치가 있는 위치였는데, 그곳에 한 사람쯤 들어갈 수 있는 여유 공간이 있다는 사실이 떠올랐다. 영식은 혹시나 하는 얼굴로 조심스럽게 덮개를 열었다.

바로 그때였다.

영식이 덮개를 반쯤 들어 올렸을 때, 갑자기 안에서 검은 그림자가 쑥 하고 튀어나와 영식을 덮쳤다.

"으아아아악!"

깜짝 놀란 영식은 비명을 지르며 엉덩방아를 찧었다.

"뭐, 뭐, 뭐야?"

영식을 덮친 그림자는 우려와 달리 그대로 바닥에 힘없이 쓰러졌다. 그러더니 죽은 듯이 꼼짝도 하지 않았다. 영식은 정신을 가다듬고 자신을 덮친 검은 그림자의 정체가 무엇인지 확인했다.

"영은 씨?"

그랬다. 그림자의 정체는 영은이었다. 의식이 없어보였다. 아마도 머리를 보호해주는 헤드커버를 탈모한 탓에 쇼크를 이겨내지 못한 모양이었다. 여기저기 긁혀서 얼굴이 엉망이었다. 출혈도 있는 것 같았다.

"주, 주, 죽은 건가……."

영식은 너무 놀란 탓에 멍청히 바라만 보았다. 문득, 실신한 영은의 어깨너머로 뒤쪽 조작패널의 슬롯에 꽂혀있는 TCC가 보였다.

"이봐, 영은 씨! 정신 좀 차려봐, 영은 씨!"

겨우 정신을 수습한 영식은 황급히 영은에게 다가가 흔들어 깨웠다.

반응이 없었다.

"영은 씨!"

영식은 영은의 경동맥에 손가락을 대보았다. 미미하지만 맥이 잡혔다. 하지만 몸이 얼음장처럼 차가웠다.

"의무실, 의무실, 빨리 의무실로 데려 가야해. 얼른 서둘러, 이 멍청아!"

영식은 스스로에게 욕을 퍼붓더니 그녀를 들쳐 업고 타임머신에서 내렸다. 그러고는 고함을 있는 대로 지르며 의무실로 달려갔다.

"어이, 영은 씨가 다쳤어! 아무도 없어? 영은 씨가 돌아왔다고!"

요란한 소리에 무슨 일인가 싶었는지, 문순과 숙이 달려왔다. 영식에게 업힌 영은을 본 두 사람도 덩달아 소리를 질렀다.

"언니!"

"어떻게 된 겁니까, 박 선생님?"

문순이 물었다.

"몰라, 난들 알겠어. 트로츠키를 점검하고 있는데 자꾸 센서에 탑승자가 더 있다는 신호가 뜨잖아. 처음엔 에러가 났나 싶었지. 근데 계속 신호가 잡히니까 찜찜하잖아. 그래서 들어가서 확인해봤더니 아, 글쎄⋯⋯."

"많이 다친 거 같습니까? 의식은 있고요?"

"내가 의사야. 나도 몰라. 그래도 의식은 있어. 빨리 의무실로 데려가야 해."

"그렇다면⋯⋯."

"야! 무거워 죽겠는데 말 좀 그만 시켜. 아니면, 좀 거들어 주든가!"

문순이 계속 질문만 퍼붓자, 영식은 버럭 소리를 질렀다.

그때 지완이 달려왔다.

"비켜요. 내가 업을게요."

영식은 군말 없이 영은을 지완에게 넘겼다. 그러고는 다리가 풀렸는지 그대로 주저앉았다. 문순이 얼른 그를 부축했다.

"숙아, 의료캡슐을 준비시켜. 빨리!"

지완이 말했다.

숙은 알겠다며 고개를 끄덕이고는 의무실로 달려갔다.

'영은아, 제발……'

지완은 입술을 꽉 깨물고 죽을힘을 다해 뛰었다.

* * *

"영은이가 트로츠키 안에 있었다고?"

소식을 전해들은 우석이 의무실로 달려왔다. 우석은 믿기 힘들다는 얼굴로 침대에 누운 영은을 쳐다보았다.

"어떻게……"

우석은 말을 잇지 못했다.

영은의 곁을 지키던 지완이 고개를 돌리더니 원망하는 눈초리로 우석을 사납게 노려보았다. 우석은 애써 무시하며 영은에게 다가갔다. 그러자 지완이 우석의 팔을 잡았다. 마치 곁에 가지 말라는 듯, 무언의 경고처럼 보였다.

"조금 전에 의료캡슐에서 나왔어. 다행히 큰 부상은 없는 거 같아. 하지만 체온이 너무 떨어져서 따듯한 옷으로 갈아

입혔어."

"헤드커버 없이 웜홀을 통과했다면······."

우석은 나직이 중얼거렸다.

"이거 보여?"

지완은 영은의 스웨터 소매를 걷어서 멍든 자국과 상처들을 보여주었다. 심하게 긁힌 자국도 있었고, 상처부위엔 채 씻기지 못해 석회가루도 묻어있었다. 지완이 싸늘한 눈초리로 우석을 돌아보았다.

"······."

우석은 아무런 대꾸도 하지 못하고 낮게 신음했다.

"이제 사실대로 말해. '거기'서 무슨 일이 있었지? 날 속일 생각은 하지 마. 이 상처들이 말해주고 있어. 분명히 무슨 일이 있었던 거야, 그치?"

지완이 추궁했다.

"그게, 지완아······."

우석은 말끝을 흐렸다. 감추려는 게 아니라 어디서부터 이야기를 해야 할지 선뜻 판단할 수 없었다.

"형!"

"그게 말이다. 그러니까······."

"빨리, 말해!"

우석은 짧게 한숨을 내쉬었다.

"알았다. 말할게. 무슨 일이 있었냐고? 누군가가 나를 죽이려고 했어. 이거 보이냐? 그때 얻은 상흔이야."

그러면서 우석은 옷깃을 풀어헤치며 목에나 철사자국을 보여주었다. 지완은 믿기 힘들다는 듯 눈을 휘둥그레 떴다.

"이건……."

"봤니? 놈은 철사 같은 걸로 내 목을 졸랐어. 그냥 위협이 아니라 정말로 날 죽일 작정이었던 게 분명해."

우석은 다시 옷깃으로 상처를 가렸다.

"누가? 대체, 왜?"

지완이 다그치듯이 물었다. 여전히 믿기 힘든 눈치였다. 이제는 진실을 말한다고 해도 의심부터 할 것 같았다.

"말해봐, 누가 형을 죽이려고 했다는 거야? 그게 누군데?"

"몰라. 우리가 도착했을 때 연구소는 불타 있었어."

우석은 조용히 고개를 가로저었다.

"불? 화재가 났다는 거야?"

"원인은 모르겠지만 연구소가 폭발하는 것 같아……."

"뭐라고?"

지완은 심각한 얼굴로 침대에 누워있는 영은을 쳐다보았다.

"연구소가 폭발을……."

05.
예정된 미래

시간은 우리를 변화시키지 않는다.
시간은 단지 우리를 펼쳐 보일 뿐이다.

(막스 프리쉬)

"정 박사, 연구소가 어떻게 됐다고?"

결국 우석은 모두에게 진실을 알렸다. 더 이상 감추는 건 의미가 없었다. 테스트 비행으로 건너가서 확인한, '내일'로 예정된 연구소의 참사를 여과 없이 전해주었다. 영은을 제외한 모든 스태프들은 상황실에 모여 우석의 설명을 듣고 충격에 휩싸였다. 직접 보고 듣지 않아서 반신반의하는 조 실장을 제외하고 다들 심각하게 받아들였다. 조 실장은 그 중요한 이야기를 왜 이제야 하냐며 화를 냈다.

"어이, 정 박사. 이거 혹시 지어낸 이야기는 아니지?"

조 실장이 물었다.

"제가 이런 일로 농담하는 사람입니까?"

우석이 한심하다는 얼굴로 조 실장을 쳐다보았다. 조 실장을 머리를 감싸 쥐며 낮게 신음했다.

"폭발이라니. 내가 본 미래엔 그런 게 없었는데……."

영식이 중얼거렸다.

"혹시 동력실 쪽이라면 전력 공급도 끊기는 거 아냐?"

문순이 말했다.

"바보야! 그렇게 되면 전력이 문제가 아니라, 산소 공급이……."

 숙은 흥분해서 말하다가 생각하기도 싫다는 고개를 세차게 흔들었다.

"산소? 산고 공급이 왜?"

 조 실장이 불안한 목소리로 물었다.

"몰라서 물어요? 여긴 바다 속이잖아요. 우리가 여기서 어떻게 숨을 쉴 수 있다고 생각하는 거예요?"

 숙이 답답하다는 듯이 쏘아붙였다.

"그건……."

"바닷물에 녹아있는 산소를 전기분해를 통해서 얻는 거잖아요. 근데 만약에 전력이 끊기면 어떻게 되겠어요?"

 조 실장은 골똘히 생각에 잠기더니 금세 하얗게 질려버렸다. 숙은 이제야 알겠냐며 고개를 흔들었다.

"그럼 이러고 있으면 안 되잖아. 뭔가 방법을 강구해야지. 그래, 맞아. 세이프 룸(safe room) 최대 체류시간은 얼마나 되지?"

"10명 기준으로 48시간 버틸 수 있어요."

 이번에도 조 실장의 물음에 숙이 대꾸를 해주었다.

"설마 그런 사태까지 갈까?"

 문순이 회의적인 반응을 보였다.

"이 답답한 친구야, 미래를 보고 왔잖아! 팀장님, 철수해야 되는 거 아닙니까?"

영식이 우석에게 물었다.

"트로츠키는 어떡하고요?"

우석이 되물었다.

"다 타 버린다며!"

영식이 발끈해서 언성을 높였다.

"오버하지 맙시다. 아직 일어나지도 않은 일이야."

우석이 타이르듯이 말했다.

"팀장님, 이거 우리의 미래에요. 설마, 아니라고 하진 않으시겠죠? 직접 보고 오신 분이잖아요. 이걸 부정하면 트로츠키의 존재도 아무것도 아닌 게 되는 거라고요."

문순이 다소 빈정거렸다. 여느 때 같으면 상상도 할 수 없는 일이었다. 과열된 분위기가 그렇게 만들었다.

"바꾸면 돼."

우석은 대수롭지 않은 일인 양 담담하게 말했다.

"예?"

문순은 어처구니없다는 표정으로 우석을 쳐다보았다. 이렇게 무책임한 사람이었나. 이런 사람을 믿고 3년이나 개고생을 하다니. 갑자기 문순은 억울하단 생각이 들었다. 지난 3년에 대한 보상을 받고 싶었다.

"이건 팀장님 임의대로 판단할 문제가 아니에요."

그때까지 벽에 기대서 관망만 하던 지완이 불쑥 대화에 끼어들었다. 우석은 뭔가 대꾸하려다가 불신으로 가득한 지완의 눈빛을 보고는 입을 다물었다. 대신에 테스트 비행 할 때 소지했던 휴대용 IT패널을 꺼냈다. 그건 이 상황을 타개할 수 있는 '히든카드'나 다름없었다.

"그럼 이걸 먼저 확인해보자."

"뭐야, 그게?"

지완이 물었다.

"무슨 일이 있었는지 알아보려고 '거기'서 CCTV 데이터를 복사해왔어."

우석의 설명이 끝나기가 무섭게 조 실장이 입술을 실룩이며 비아냥거렸다.

"언제는 비윤리적이니 뭐니 하면서 고상한 척은 혼자 다 하더니만……."

"불가피한 선택이었습니다. 시간도 촉박했고, 연구소에서 일어난 일을 알리려면 이 방법밖에 없었습니다."

핑계도 좋군. 조 실장이 혀를 찼다.

"그러니까 하루 동안 여기서 무슨 일이 벌어지는지 다 담겨있단 얘기네?"

영식이 말했다.

"그걸로 해결책이 될까?"

조 실장이 다시 비아냥거렸다. 그러자 우석이 눈을 부릅뜨며 버럭 소리를 질렀다.

"연구소가 왜 폭발했는지 알아내서 막으면 돼!"

우석의 서슬에 눌린 조 실장은 목을 움츠리며 입을 다물었다.

"그럼 다 같이 확인해봅시다."

영식이 말했다.

우석은 조용히 고개를 끄덕였다.

"이리 줘보세요. 제가 할게요."

숙이 우석에게서 패널을 건네받아 복사한 파일을 상황실의 메인컴퓨터로 옮겼다. 데이터 용량이 제법 커서 몇 분이 소요되었다.

"파일이 꽤 많네요. 겨우 하루 동안인데도."

연구소 내에 설치된 폐쇄회로 카메라의 수는 모두 36개, 파일 하나당 1시간 단위로 저장되어 있었다. 복사한 파일의 수는 도합 936개였다.

"아무거나 하나 열어봐."

문순이 말했다.

숙이 임의로 정한 파일 하나를 열어 그 안에 저장된 영상을 메인스크린에 띄었다. 모두의 시선이 메인스크린으로 향했다.

"뭐야, 이거."

조 실장이 설명을 바란다는 투로 내뱉으며 우석을 쳐다보았다.

기대와는 달리 메인스크린에 띄운 화면은 엉망으로 깨져서 도무지 알아볼 수 없었고 음악만 흘러나왔다.

"왜 음악만 나오지?"

영식이 중얼거렸다.

"좀 이상한데?"

문순이 고개를 갸웃하며 다른 파일들을 열어보았지만 결과는 마찬가지였다. 하나같이 노이즈가 심하고 알 수 없는 음악만 나왔다.

"가만, 이거 LP 바이러슨데……."

숙이 중얼거렸다. 그러자 모두 숙을 쳐다보았다.

"아, 그건 영은 언니가 기밀자료 보관용으로 만든 변종 바이러스에요. 그림을 소리로 전환시켜 해독불능으로 만들어 버리죠. 근데 이게 왜 여기에……."

우석과 지완은 난감한 얼굴로 서로를 쳐다보았다.

"그럼 누가 CCTV 파일에 바이러스를 감염시켰다는 얘기?"

문순이 물었다.

"글쎄, 알다시피 CCTV는 메인시스템이랑 연동돼 있는데. 그럼 메인시스템에 바이러스를 넣는단 말이야?"

숙이 되물었다.

"메인시스템은 아직까지 아무 문제없는데. 누가? 왜?"

영식이 중얼거리며 다른 사람들을 쳐다보았다. 마치 자신만 결백하다는 듯했다. 다른 사람들 역시 주위를 흘끔거리며 서로를 의심하는 눈초리였다. 그중에서도 유독 조 실장을 바라보는 시선들이 곱지 않았다.

"뭐야, 왜들 그렇게 쳐다 봐? 내가 뭐? 어이, 이 사람들아. 여기서 가장 결백한 사람은 나라고. 생각해봐. 당신들은 죄다 박사에, 기술자지만, 나는 그냥 일개 월급쟁이라고. 게다가 난 기계랑 안 친해!"

조 실장이 떨떠름한 얼굴로 항변했다. 틀린 말은 아니었다. 그에겐 높은 수준의 방화벽을 뚫고 메인시스템에 바이러스를 심을 만한 능력이 없었다.

그때였다.

"이건 괜찮아!"

숙이 소리쳤다.

시선이 일제히 메인스크린으로 향했다. 여전히 상태가 엉망이긴 했지만 앞서 다른 파일들보다는 그나마 양호한 영상이 나오고 있었다. 파일의 일부만 손상되었는지 부분적으로나마 기록이 살아있었다.

"뭐지? 바이러스가 퍼지다 만 건가?"

영식이 중얼댔다.
"밝게 해 봐요."
우석이 말했다.
영식이 컨트롤 바를 조작해서 화면의 밝기를 높였다. 여전히 열악한 영상이었지만 웬만큼 식별이 가능한 수준이었다.
"저기!"
문순이 화면을 가리키며 외쳤다.
연기가 자욱해서 정확히 어느 곳인지 알 수 없었지만, 누군가가 불꽃에 휩싸여 발버둥을 치며 고통스러워하고 있었다.
"불, 불에······."
숙이 두 손으로 입을 틀어막았다.
영상의 결과는 너무나 참혹했다. 불길에 사로잡힌 사람은 결국 바닥에 쓰러져 경련을 일으키다가 숨을 거두었다.
그 끔찍한 광경에 다들 말을 잃고 말았다.
"화재 시각은?"
우석이 애써 침착한 목소리로 물었다.
숙이 화면을 키워보았지만 심한 노이즈 때문에 오전 5시까지만 확인이 가능했다. 분을 가리키는 두 자릿수 숫자는 도저히 알아보기 힘들었다.
"오전 5시 몇 분쯤인 거 같은데, 알아 볼 수가 없어요."
"어디야, 저기가?"

영식이 물었다.

"글쎄요. 연기가 꽉 차서……."

문순이 자신 없다는 듯 말끝을 흐렸다. 지완도, 우석도 고개를 가로저었다. 파일 번호만으로는 구체적인 위치를 알아낼 방법이 없었다.

"아니, 박사들이 그런 것도 몰라!"

조 실장은 눈치 없이 말을 내뱉었다가 눈총세례를 받았다.

"팀장님!"

숙이 또 다른 파일을 찾았다. 이번엔 재생 가능한 시간은 훨씬 더 짧았지만 비교적 선명한 화면이었다. 고작해야 1분밖에 되지 않는 영상은 모두를 충격에 빠뜨리고도 남을 정도로 충격적인 내용을 담고 있었다.

엄청난 굉음과 함께 폭발이 일어나는 장면이었다. 다행히 시간을 확인할 수 있었다.

'오전 11시 정각.'

일순 정적에 휩싸였다. 그만큼 다들 충격을 받은 것이다.

"정말로 폭발하는구나."

문순이 가까스로 입을 열었다.

"이게 다야?"

우석이 묻자, 숙은 고개를 끄덕였다.

"864개의 파일 중 90퍼센트는 완전 감염됐고 나머지 파일도 파일 내에서 랜덤 오류를 일으켜서 그나마 화면을 분간할 수 있는 건 방금 본 게 다예요."

"그나마 폭발 시각은 건졌어요. 내일 오전 11시."

문순이 이 정도로 다행이지 않냐는 투로 말했다.

우석은 시계를 확인했다.

"좋아, 내일 오전 11시면 폭발을 막을 수 있는 시간은 아직 충분해. 일단 파일을 복원해야해. 바이러스 백신은 없어?"

"영은 언니 컴퓨터에 있을 거예요. 패스워드만 알아내면 돼요."

"하지만 그건 불가능해. 무슨 수로 패스워드를 알아낼 거야? 그 컴퓨터엔 AC2 보안시스템이 깔려있어. AC2 몰라? 신의 방패. 해킹불능."

문순이 말했다.

"그럼, 지금이라도 백신을 만들면 되잖아. 숙아, 너라면 할 수 있지?"

우석이 숙을 보며 말했다.

"그게 그러니까······."

숙은 왠지 자신 없는지 쭈뼛거리며 우석의 눈치를 살폈다.

"바이러스 알고리즘만 알면 할 수 있긴 한데, 전 전문가가 아니라 시간이 걸리죠. 확실한 건, 하루 가지고는 어림도 없어요."

"영은이라면 더 빨리 만들 수 있을 텐데……."
문순이 중얼거렸다.
"그러면 영은 씨가 깨어나면 백신 만들게 하면 되겠다!"
영식이 묘수라도 발견한 사람처럼 좋아했다.
"오오! 그거 좋은 생각이다."
조 실장이 맞장구쳤다. 그러자 숙이 두 남자를 번갈아 쳐다보더니 한심하다는 듯이 고개를 흔들며 한숨을 내쉬었다.
"뭘 그리 복잡하게 해요. 영은 언니 깨어나면 그냥 언니 컴퓨터에 있는 백신을 쓰면 간단하잖아요?"
호들갑을 떨던 두 남자는 무안했는지 서로 쳐다보며 입맛을 다셨다.
"하여튼 아저씨들이란……."

* * *

영은의 상태를 확인하기 위해 의무실로 향하던 지완은 뭔가 잊었는지 급히 자기 방으로 발길을 돌렸다. 방으로 들어가자마자 책상 서랍을 뒤적이더니 투박해 보이는 MP3플레이어를 꺼냈다. 거의 1세대에 해당하는 구형 모델이었다. 물끄러미 MP3플레이어를 바라보던 지완은 갑자기 며칠 전의 일이 떠올랐다.

늦은 시각에, 영은이 찾아와 선물이라며 이 MP3플레이어를 주었다.

"이거 1997년에 나온 세계 최초의 MP3 플레이어야. 이베이에서 어렵게 구했어. 이런 거 좋아하잖아."

"우와, 고마워. 전부터 이런 거 꼭 가지고 싶었는데. 어떻게 알았대."

지완은 MP3를 받고 아이처럼 좋아했다.

"이 안에 LP바이러스가 들어있는데, 그냥 음악으로만 들으면, 20세기 LP 음반 듣는 느낌일거야."

"LP바이러스?"

"그냥 그런 게 있어."

영은이 말을 얼버무렸다.

지완은 그게 무슨 문제냐 싶은지 이어폰을 끼고 재생 버튼을 눌렀다. 저장된 음악이 마음에 드는지 고개를 까딱거리며 흥얼거리기 시작했다.

"will you still love me tomorrow? 야, 오늘따라 이 가사 의미심장한데……."

그러면서 지완은 후렴구를 따라 불렀다.

"still love me tomorrow……."

영은이 흥얼거리는 지완을 말없이 바라보았다. 그러다가 지완이 문득 뭔가 생각났다는 얼굴로 영은을 쳐다보았다.

"맞다. 너, 테스트 비행 자원하는 건 아니지?"

그때 영은은 아무 말도 하지 않았다. 아니 하지 못했던 것이다. 다시 회상에서 돌아온 지완은 손에 쥔 MP3플레이어를 물끄러미 바라보았다. 그동안 경황이 없어서 MP3플레이어에 대한 것을 까맣게 잊고 있었던 것이다.

'혹시, 내가 LP바이러스를 감염시키는 건가?'

지완의 머릿속이 복잡해졌다. LP바이러스가 지금 손에 쥐고 있는 MP3플레이어에 들어있는 게 확실한 이상, 가장 유력한 용의자는 자신인 셈이다.

하지만, 왜?

아무리 생각해도 동기가 명확하지 않다. 아니, 그런 게 있을 리가 없다. 지완은 우석과 다르다.

천재 물리학자라는 간판에 어울리지 않게 툭하면 충동적이고 감상을 앞세워 주변 사람을 곤란하게 만드는 건, 우석이다. 타고난 재능이 있으면서도 동기들처럼 변변한 교수 자리 하나 얻지 못하고 이렇게 타국의, 그것도 깊은 바다 속에서 외로이 연구를 하는 이유도 그 충동적인 성격 때문이다.

반면에 지완은 늘 이성적이고 합리적인 판단을 하려고 애쓴다. 우석이 종종 과열되어 오버페이스를 보이면 거기에 브레이크를 거는 사람은 지완이 유일하다. 게다가 우석의 의견에 때때로 반론을 제기하고 대립각을 세우긴 해도, 그도 이

프로젝트의 핵심멤버이며 똑같이 3년이란 세월을 고스란히 바쳤다. 적어도 자기 손으로 이 프로젝트를 망칠 이유가 전혀 없었다.

그렇다면 도대체 누가 바이러스를 심은 것일까?

지완은 복잡한 심경으로 MP3플레이어를 쳐다보았다. 답을 알려면, 아니, 해결하려면 다른 사람 손에 들어가지 않게 해야 한다고 생각했다. 그게 지금으로선 유일한 해결책이었다. 지완은 MP3플레이어를 바지주머니에 넣었다.

신념만 가지고 따르는 것은 맹목적으로 따르는 것과 같다.

(벤자민 프랭클린)

"어쩐다. 어떻게 하면 좋지. 정우석, 저 자식이 계속 사고만 일으키는데 그냥 보고만 있어야 하나. 연구소가 폭발하다니 그게 사실이면 내 모가지가 날아갈 수도 있어. 아니, 그게 문제가 아니지. 여기 계속 있다간 죽을 수도 있는 거잖아."

상황실에 홀로 남은 조 실장은 안절부절 못하며 서성거렸다. 우석의 이야기는 조금 전 CCTV 영상으로 사실임을 확인했다. 원하든, 원하지 않든 이 연구소가 폭발하는 것은 기정사실이었다. 게다가 불과 하루도 남지 않았다는 사실이 그를 불안하게 만들었다. 뾰족한 대책도 없는데다가 언제 깨어날지도 모르는 영은에게 모든 걸 걸 수는 없었다. 결국 그는 당장 할 수 있는 최선의 방법을 선택하기로 했다. 본사에 보고하고 잠수정을 보내달라고 요청할 생각인 것이다. 마음을 굳힌 조 실장은 더는 망설이지 않았다.

"아무리 생각해도 이 방법이 최선이야. 난 여기서 개죽음 당하긴 싫어."

조 실장이 본사로 연결하는 핫라인을 가동했다. 연결 상태는 양호해보였다. 그런데 두어 차례 신호음이 울리더니 갑자기 연결이 끊겨버렸다. 당황해서 다시 연결을 하려는데 뒤에서 인기척이 느껴졌다.

"정 박사?"

우석이 우두커니 서 있었다. 연결을 끊은 사람은 우석이었다.

"당신, 지금 무슨……."

조 실장이 더는 못 참아주겠다는 듯 눈을 부라리며 우석에게 다가갔다.

그때 갑자기 우석이 털썩 무릎을 꿇었다. 조 실장은 당황해서 그 자리에 멈춰 섰다. 자존심 세기로 둘째가라면 서러울 우석이 저리도 쉽게 무릎을 꿇다니, 전혀 예상하지 못했던 일이었다.

"뭐, 뭐, 뭐야. 왜 이러는 거야!"

"부탁합니다. 도와주십시오, 조 실장님. 폭발 원인을 찾아낼 수 있습니다. 그러니 그때까지만, 힘을 좀 써주십시오."

우석이 머리를 조아렸다.

겸연쩍어진 조 실장은 낮게 헛기침을 했다.

"이봐, 이러지 말라고. 사람이 참. 이런 식으로 사태를 덮으려고 할수록 일은 더욱 커지기 마련이야."

"지금 그만두면 이도저도 아닌 게 됩니다."

우석이 고개를 들고 조 실장을 똑바로 쳐다보며 말했다. 그 시선이 부담스러운지 조 실장은 고개를 돌렸다.

"난 심정적으로는 자네들 편이네만……."

"그러니까 도와주십시오."

"나도 돕고 싶어. 그래서 본사에 연락하려는 거 아닌가. 우리끼리 감당하기엔 위험부담이 너무 커. 사람 목숨보다 귀한 게 어디 있나. 왜, 그렇게 무모하게 굴어."

"도와주시려면 우리가 바라는 방향으로 도와주세요."

우석이 천천히 일어섰다.

"내 생각엔 그건 돕는 게 아닌 거 같아. 난 내 방식대로 자네들을 도우려는 거야. 현명하게 굴어. 피할 수 있을 때 피하는 게 가장 좋은 거라고."

"조 실장님 방식대로 돕는다고요?"

"그럼 나만 살겠다고 이러겠나?"

조 실장이 되물었다.

우석은 코웃음을 치더니 고개를 천천히 흔들었다. 방금 전, 무릎을 꿇을 때와는 완전히 다른 모습이었다.

"우릴 돕고 싶다? 그래서 그동안 우리 몰래 연구 자료들을 본사로 빼돌렸습니까? 그게 조 실장님 스타일이군요."

"빼돌리다니, 그게 무슨 소리인가?"

조 실장이 시치미를 떼고 물었다.

"잘 아시면서 왜 그러세요. 그 버릇이 어디 갑니까? 이미 전적도 화려하지 않습니까. 산업 기술 팔아먹고 러시아로 도망간 산업스파이……."

우석은 오래 전부터 써먹으려고 했던 히든카드를 꺼내들었다.

"그걸, 자네가 어떻게……."

"제가 모르고 있을 줄 알았습니까?"

"망할 자식. 그동안 그렇게 잘해줬는데 이런 식으로 나를……."

조 실장은 입술을 깨물었다.

그때, 세르게이로부터 화상통화가 걸려온다. 부재중 전화를 확인한 모양이었다. 조 실장은 우석을 흘끗 보더니 회심의 미소를 지으며 수신버튼을 눌렀다. 메인스크린에 말쑥한 세르게이의 얼굴이 나타나자 우석은 반사적으로 몸을 움찔했다. 이제는 두 사람의 대화를 막을 방법이 없었다. 분한 마음에 우석은 입술을 지그시 깨물었다.

"무슨 일입니까, 미스터 조? 회의 중이라 미처 전화를 받지 못했었는데, 무슨 급한 일이라도 생긴 겁니까?"

세르게이는 조 실장에게 물으면서도 시선은 우석을 향하고 있었다. 마치 이런 상황을 예측하고 있다는 듯했다.

"아, 그게 말입니다. 실은……."

조 실장은 우석이 끼어들 틈을 주지 않으려는 듯 속사포처럼 말을 쏟아냈다. 테스트 비행을 시작한 시점부터 조금 전의 상황실에서 오가던 이야기까지 하나도 숨김없이 세르게이에게 고해바쳤다. 조 실장의 보고를 듣는 동안, 세르게이의 얼굴색이 여러 차례 바뀌었다. 우석은 완전히 굳은 얼굴로 조 실장을 노려보고 있었다. 그러거나 말거나 아랑곳하지 않고 조 실장은 의기양양한 얼굴로 이야기를 끝까지 마쳤다. 우석이 주먹을 불끈 쥐는 것을 보면서 승리에 도취되어 기고만장해진 조 실장은 만면에 웃음을 띠었다. 방금 전의 수모를 톡톡히 갚아준 셈이다.

'그러게 누굴 무시하라고 했나, 과학자 양반.'

우석은 거의 울 것 같은 얼굴로 조 실장과 세르게이를 번갈아 쳐다보았다.

"이틀의 말미를 달라고 했던 이유가 이것이었습니까. 이런 중대한 일을 숨기려고 했다니 정말로 실망했습니다, 정 박사님."

세르게이가 조소 어린 표정으로 우석을 바라보았다. 우석은 굴욕감을 참아내며 쥐어짜는 목소리로 대답했다.

"아직 시간이 있습니다. 그때까지 폭발의 원인을 찾아내면……."

"사람이 죽고, 연구소가 불탑니다. 그런데 겨우 파일 복원 하나에만 모든 걸 건다니 이건 너무 무모합니다. 적어도 과학자라면 훨씬 더 이성적인 판단을 해야 하는 거 아닙니까?"

세르게이가 비난조로 말했다.

"무모한 게 아닙니다. 어쩌면 가장 빠른 해결책일 수도 있습니다."

"정말 어리석군요. 저로선 허락할 수 없습니다."

"허락을 구하는 게 아니라 제안을 하는 겁니다. 연구소를 살릴 방법을 말입니다!"

우석이 언성을 높였다.

"지금 뭐하자는 겁니까, 정 박사님. 본사의 방침을 거부하겠다는 겁니까? 이건 계약 위반입니다!"

세르게이도 얼굴을 붉혔다. 처음 만나던 날처럼 보란 듯이 얼굴에 노골적인 경멸을 드러내며 이를 갈았다.

"계약 위반이라고 했습니까? 정말 어이가 없군요. 그쪽도 그렇게 말할 수 있는 입장이 아니지 않습니까?"

그러자 우석이 코웃음을 치며 말했다. 조금 전과는 180도 다른 태도였다. 세르게이는 우석이 무슨 꿍꿍이로 이렇게 오만하게 구는지 이해할 수 없었다. 그리고 한편으로는 내심 당혹스럽기도 했다.

"그건 무슨 의미로 말하는 거지요, 정 박사님?"

세르게이가 물었다.

"이거 왜 이러십니까. 정말 제가 모르고 있다고 생각하셨습니까. 그동안 조 실장을 통해서 자료를 빼돌리고 있었다는 사실을? 그나마 다행히 조 실장이 멍청해서 핵심자료엔 전혀 손을 대지 못했지만 말입니다."

그때 스태프들이 상황실로 들어왔다. 우석과 세르게이가 언성을 높이며 설전을 벌이는 것을 들은 모양이었다. 그러다가 그동안 미처 몰랐던 조 실장의 스파이 행각을 듣고 다들 충격에 빠진 얼굴이었다. 특히 영식은 경멸어린 눈빛으로 조 실장을 쏘아보았다. 조 실장은 애써 그를 외면하려고 했지만 팀원들에게 둘러싸여 달리 피할 곳도 없었다.

"그리고 한 가지 더."

우석은 계속해서 세르게이를 몰아붙였다. 이번에도 우석에겐 숨겨둔 카드가 남아있었다. 세르게이는 굳은 얼굴로 우석을 쳐다보았다.

"이번 테스트 비행 결과와 상관없이 재계약은 예정에 없었던 거 아닙니까? 시치미 떼지 마시길 바랍니다. 제가 두 눈으로 확인을 했으니까. 바로 트로츠키를 타고 '내일'로 가서 봤던 계약서류! 그건 재계약 내용이 아니고, 합의서 같은 거였어!"

우석이 강하게 윽박질렀다.

"저기, 뭔가 오해가 있는 것 같은데……."

세르게이가 말을 더듬었다. 조금 전까지 오만한 태도를 고수하던 그의 얼굴엔 당황한 기색이 역력했다.

"오해? 무슨 오해를 말하는 겁니까. 오해가 아니라 사실이지 않습니까?"

우석이 다그쳤다.

세르게이는 잠시 침묵했다. 이 난국을 타개하기 위해 방법을 모색하는 것 같았다. 입술을 지그시 깨물며 고민하던 그는 정색한 얼굴로 천천히 입을 열었다.

"분명히 말하지만, 에너지 시추기지와 그 연구소는 우리 회사 자산입니다. 지금 즉시 철수 절차를 밟으십시오. 당신이 뭐라고 하건 상관없습니다. 이건 당연한 권리입니다. 두 번 말하지 않겠습니다. 미스터 조, 마무리는 당신이 해."

그러고는 일방적으로 통신을 끊어버렸다.

무거운 침묵이 흘렀다. 괜히 말을 잘못 꺼냈다간 불똥이 튈 것 같아서 모두 입을 꾹 다물고 우석의 눈치만 살폈다. 때론 아무것도 하지 않는 것만큼 현명한 처세도 없다. 하지만 어디에나 상황파악을 못하고 눈치 없이 구는 사람이 있기 마련이다. 바로 조 실장이 그런 부류였다.

"다들 뭐 해? 방금 이야기 다 들었잖아. 왜들 못 들은 척하고 있는 거야. 본사에서 당장 철수하라잖아. 어이, 궁숙 씨! 당장 모든 연구 자료를 본사로 전송해. 그리고 문순 군은 절차에 따라서 에너지시스템 로그아웃시키고……."

"전부 동작 그만. 아무도 움직이지 마!"

우석이 조 실장의 말을 끊고 버럭 소리를 질렀다. 그러자 다들 얼어붙은 것처럼 꼼짝도 하지 않고 우석을 쳐다보았다.

"잘 들어. 저쪽에 연구 자료를 모두 전송하는 순간, 지금까지 한 모든 노력은 물거품이 되는 거야."

"……!"

팀원들이 동요하기 시작했다.

"어차피 코어에너지 없이는 '트로츠키'도 무용지물이야. 모든 설계도와 데이터를 손에 넣으면 저쪽이 더 이상 우리를 필요로 할 것 같아? 그 순간 우리 모두는 용도 폐기되는 거야. 토사구팽. 사냥이 끝나면 개를 잡아먹는단 사자성어, 다들 알지? 우리가 바로 그 사냥개 신세가 되는 거라고, 알겠어?"

"어이, 정 박사! 이 사람이 보자보자 하니까 말이 좀 심하잖아. 무슨 그런 막말이 다 있어. 은혜를 몰라도 유분수지. 지난 3년 동안 물심양면으로 도와주고 그 막대한 자금을 대준 게 누군데 그런 소리를 하는 거야!"

조 실장이 눈을 부라렸다.

"뭐라고요? 우린 그냥 공짜로 먹고 지냈습니까? 자그마치 3년입니다. 그 3년을 오로지 이 프로젝트 하나에만 매달렸다고요."

우석이 얼굴을 붉히며 조 실장을 노려보았다.

"정말 말이 안 통하는 친구로군."

조 실장은 고개를 절레절레 흔들었다.

두 사람의 설전을 지켜보는 팀원들은 누구의 편을 들어야 할지 몰라 무척 혼란스러웠다.

"지금 뭔가 착각하고 있는 모양인데 말이야. 이참에 분명히 해두지. 연구에 관해서는 정 박사가 리더지만, 이런 비상 상황에선 회사에서 파견한 내게 통제권이 있어."

"그게 또 무슨……."

그때였다.

"그건 조 실장님 말이 맞아요."

조용히 둘의 신경전을 지켜만 보고 있던 지완이 불쑥 끼어들었다. 그런데 우석이 아니라 조 실장을 거들고 있었다.

"지완이, 너……."

우석이 눈을 크게 뜨고 지완을 쳐다보았다.

"형만 생각하지 마. 우리 모두를 생각해."

지완이 말했다.

"내가 나만 생각한다고? 나는 이 프로젝트가 나만의 것이라고 생각한 적, 단 한 번도 없었어!"

우석이 소리를 질렀다. 하지만 지완은 주눅 들기는커녕 코웃음을 치며 고개를 가로저었다. 다분히 도발적이었다.

"이거 왜 이래, 진짜. 이제 와서 하는 이야기인데 우리 좀 솔직해지자. 이 프로젝트, 사실 형 와이프 살려보겠다고 시작한 거 아니었어?"

 지완의 말은 엄청난 파장을 불러일으켰다. 팀원들은 물론이고 조 실장마저도 당황해서 우석을 쳐다보았다. 사실 그동안 다들 어림짐작은 하고 있었지만 우석이 두려워 말을 꺼내지 못하고 있었다. 그건 말하자면 이 연구소 안에선 일종의 금기 같은 것이었다. 그 금기를 지완이 깨부순 것이다.

 "너, 이 새끼……."

 우석은 말을 채 잇지 못했다. 상대가 다른 누구도 아닌 지완이라서 더욱 그랬다. 목구멍으로 튀어나오는 욕을 간신히 집어삼켰다.

 "후우……."

 우석이 길게 한숨을 토했다. 그러고는 팀원들을 번갈아보았다. 우석과 시선이 마주친 팀원들은 저도 모르게 움찔거렸다.

 "여기 있는 모두, 지완이를 제외하면, 다들 아웃사이더들 아니었냐? 그게 학교든, 연구소든 말이야. 그래, 말이 좋아서 아웃사이더지. 왕따, 사회부적응자, 뭐, 그런 사람들이 모여서 이제 뭔가를 이뤄내기 직전이다. 너희들, 스스로에게 물어봐. 애초에 이 프로젝트에 참여한 이유가 무엇인지를 말이야. 노벨상을 받으려고? 아니면 떼돈을 벌고 싶어서? 웃기지 마. 그냥 자기 존재를 확인받고 싶어서였어. 안 그래? 여기서 그만두면 어디에 가서 뭘 할 건데? 또, 언제 어디서 너희가 이런 사명감을 갖고 일에 매달릴 건데? 그래, 다 좋아. 씨발, 수심 천 미터나 되는 이 깡통 같은 곳에서, 무려 천일이 넘는 시간 동안 우린 뭔 지랄을 한 거냐? 대답 좀 해봐라, 모두들."

아무도 대답을 하지 못했다. 그렇다고 반론을 제기하는 사람도 없었다. 격론이었지만 우석의 말이 전혀 틀리지 않았기 때문이다.

"자, 마지막으로 모든 사람의 의견을 묻고 싶다."

잠시 어색한 침묵이 흘렀다. 내답을 서로 미루고 있었다. 그러다가 가장 연장자인 영식이 쭈뼛거리며 자신 없는 목소리로 말했다.

"그래도, 너무 위험해요. 사람이 살고 봐야지."

"그래, 박 영식 씨가 모처럼 맘에 드는 말을 하네! 내가 본사에 얘기해서 적성에 맞는 자리 알아봐줄게. 어차피 당신은 물리학이 아니라 기계 설비 전공이잖아. 내가 장담하는데 당신한테 어울리는 자리는 많을 거야."

조 실장이 이죽거렸다.

"됐습니다!"

영식은 단호하게 조 실장의 제안을 거절했다. 그러자 조 실장은 야비한 웃음을 흘리며 문순과 숙을 쳐다보았다.

"싫은 사람은 어쩔 수 없고. 잘 생각해봐. 자네들도 마찬가지야. 여러분의 재능을 발휘할 수 있는 자리가 얼마든지 있어, 우리 회사엔. 아직 젊잖아. 기회가 있을 때 확실하게 잡으라고. 그게 현명한 거야, 요즘 같은 세상엔."

숙과 문순은 대답을 하지 않았지만 조 실장의 제안이 싫지 않은 것 같았다. 슬금슬금 우석의 눈치를 살피며 입술을 달싹거렸다. 그런 두 사람의 표정을 보고, 어느 정도 설득에 성공했다고 여겼는지 조 실장이 불쑥 한 가지 제안을 했다.

"우리 이렇게 하자고. 다수결로 해. 정 박사 말대로 '우리 모두'의 프로젝트니까. 어때, 민주주의 좋잖아?"

우석은 아무 말도 하지 않았다.

다른 사람들도 분위기 때문인지 입을 열지 않았다. 하지만 조 실장은 침묵을 긍정으로 받아들였다. 그래서 양해도 구하지 않고 제멋대로 표결에 들어갔다.

"일단, 박 영식 씨는 철수하자 쪽인 것 같고, 우리 윤 지완 박사님은 어느 쪽이신가?"

조 실장은 능글맞게 웃으며 지완을 쳐다보았다. 그러자 다른 사람들의 시선도 자연스레 지완에게 쏠렸다. 여기에서 우석을 의식하지 않고 자기주장을 제대로 할 수 있는 유일한 사람이었기 때문에 지완의 의견에 따라 표결의 향방이 갈릴 수도 있었다. 조 실장은 그것까지 계산에 넣고 일부러 지완의 의중을 가장 먼저 물은 것이다.

"철수해야 해요."

지완은 우석의 따가운 시선을 피하지 않고 담담하게 말했다. 우석의 얼굴에 실망한 기색이 역력했다.

"그래, 좋아. 대세는 기울었어. 다른 사람들 의견은 어때? 그래, 우리 궁숙 씨는 어느 쪽이야? 눈치 보지 말고 말해봐."

조 실장이 숙에게 시선을 돌렸다. 그녀를 두 번째 타깃으로 삼은 이유는 그나마 여기에서 자신과 가장 많이 말을 섞은 사람이기 때문이다. 일종의 동정표를 얻을 심산인 것이다.

"난 포기 못해!"

숙은 1초도 생각하지 않고 바로 대답했다. 조 실장의 기대와는 전혀 다른 것이었다.

"아니, 궁숙 씨!"

"숙이라니까요! 남궁, 숙! 몇 번을 말해요."

"아니, 지금 그게 중요한 건 아니잖아……."

조 실장이 숙의 서슬에 눌려 말끝을 흐렸다. 숙은 그를 한 번 째려보더니 정색한 얼굴로 말을 이었다.

"나요, 여기에 너무 추억이 많아. 맞아요, 팀장님 말씀이. 나 밖에선 왕따였고, 연구소에서만 살던 아이에요. 꿈도, 희망도 없었어요. 그래서 팀장님이 처음 제안하셨을 때, 너무나 기뻤어요! 나도 뭔가 할 수 있구나. 누군가에게 필요한 사람이구나. 그러니 내 말은요, 결실을 보고 싶어요. 자그마치 3년이잖아요. 그 시간을 허송세월로 만들고 싶지 않아요. 그러니까 전 철수하는 거에 반대에요!"

말을 마친 숙이 옆에 선 문순을 쳐다보았다.

"나야, 언제나 자기편이잖아. 굳이 물어볼 것도 없어. 그까짓 파일, 복원하면 그만이고, 폭발 원인? 찾아내면 그만이잖아."

그러면서 어깨를 으쓱거렸다.

조 실장은 말을 잃고 우석을 쳐다보았다.

"그럼, 나까지 3대 2가 되는 건가요?"

우석이 물었다.

"무슨 소리야, 난 당연히 철수하자니까 3대 3이지. 동률이라고!"

조 실장이 발끈했다.

"나는 우리 팀원들 의견을 물은 건데요?"

"자기 유리한 쪽으로 몰아가지마."

두 사람은 한 치의 양보도 없이 팽팽하게 맞섰다.

"뭐, 나는 저 양반도 자기 의견 행사할 권리가 있다고 봐요. 그러니까 3대 3이 맞는 거 같은데……."

영식이 슬그머니 의견을 말했다.

결국 다시 난관에 부딪히고 말했다. 의견이 똑같이 갈린 이상, 어느 쪽으로든 당장 실행할 수가 없었다.
"아직 한 표가 남았잖아요."
숙이 말했다.
"한 표?"
조 실장이 고개를 갸웃했다.
"영은 언니!"
"그러네, 부재자 투표가 남았네."
영식이 고개를 끄덕였다.
"그것 참. 기절한 사람을 깨울 수도 없고……."
조 실장은 낭패라는 듯 머리를 긁적거리다가 뭔가 생각났다는 듯이 지완을 쳐다보았다. 그것은 다분히 의도된 것이었다.
"그래! 유 박사가 영은 양 애인이니까, 한 표 더 행사하시지."
완전히 억지였다. 지완이 자기랑 의견이 같다는 것을 이용하자는 수작에 불과했다.
"말도 안돼요!"
숙이 강하게 어필했다.
"아니, 그렇게 해."
우석이 의외로 조 실장의 제안을 순순히 받아들였다. 오히려 꼼수를 부린 조 실장이 당황해서 그를 쳐다보았다.

"지완이, 네가 결정해. 영은이를 제일 잘 아는 사람이니까, 영은이 입장에서."

우석은 일부러 '영은'을 강조했다. 무슨 의도로 그러는 것인지 잘 아는 지완은 쓰게 웃으며 우석을 쳐다보았다.

다들 입을 다물고 지완의 결정을 기다렸다.

지완은 조 실장과 우석을 번갈아보았다. 그러고는 바로 대답하지 않고 뜸을 들였다. 결정을 내리기가 쉽지 않은 모양이었다.

"영은이라면, 아마……."

잠시 고민하던 지완은 결정을 내렸는지 천천히 입을 열었다.

* * *

"이건 잘못되어도 한참 잘못 되었어!"

조 실장이 고래고래 소리를 지르며 우석에게 끌려갔다. 다들 조 실장을 무덤덤하게 바라만 볼뿐 말리는 사람이 없었다.

'이 배신자 같으니…….'

조 실장은 상황실 밖으로 끌려가는 내내 지완을 노려보았다. 당연히 반대표를 던질 거라고 굳게 믿었던 그의 기대를 무참히 깨버린 것이다. 영은의 표를 대신 행사한 지완은 뜻밖에도 우석의 손을 들어주었다. 조금 전까지 그렇게 서로 잡아먹을 것처럼 으르렁거리던 두 사람이 아니던가. 그런데 왜 그런 결정을 내렸는지 조 실장의 머리로는 도무지 이해할 수 없었다.

"여기서 얌전히 기다리세요. 문제 일으키지 말고."

우석은 조 실장을 우악스럽게 비품창고 안으로 밀어 넣었다.

"정 박사, 지금 이거 단단히 실수하는 거야."

우석은 무시하고 비품창고의 문을 닫았다. 그러고는 안에서 열 수 절대로 없도록 디지털잠금장치를 설정했다.

"두고 봐, 후회할 거야! 정해진 미래를 막을 순 없다고!"

조 실장이 거칠게 문을 두드리며 고함을 쳤다.

우석은 그런 그를 물끄러미 쳐다보다가 등을 돌렸다. 그러고는 시간을 확인했다. 오후 6시 33분. 앞으로 폭발까지 17시간 정도가 남았다.

"어이, 정 박사! 이럴 거면 잠수정이라도 불러줘. 죽을 거면 너희끼리 죽으라고. 난 살고 싶단 말이야."

우석은 조 실장의 고함소리를 들으며 묵묵히 걸음을 옮겼다. 악에 받친 조 실장의 목소리가 차츰 희미해지더니, 우석이 상황실로 돌아올 쯤엔 아예 들리지 않게 되었다.

"불이 몇 시에 났지?"

우석이 물었다.

"오전 5시 몇 분? 아마 그럴 거예요."

문순이 기억을 더듬어서 말했다.

"오전 5시라……."

"아니, 불길이 시작된 건 그보다 먼저일 거야. 내가 전문가가 아니라서 장담하긴 그렇지만 그 정도로 불길이 번지려면 적어도 30분 이상은 걸리지 싶은데."

영식이 시간을 정정했다.

"그럼, 일단 데드라인을 4시 30분으로 잡자. 그때까지 파일 복원 못하면, 세이프 룸으로 피신하고 귀환 잠수정을 요청한다. 이의 있는 사람?"

아무도 반론을 제기하는 사람이 없었다. 이것으로 만장일치. 우석은 조용히 고개를 끄덕였다.

"오케이."

그러고는 급한 볼일이라도 있는지 우석은 황급히 상황실을 떠났다. 지완이 말없이 우석을 따라나섰다. 둘이 사라지자, 영식은 불만스럽다는 듯이 중얼거렸다.

"뭐야, 난 이의 있는데……."

하지만 그의 말에 귀를 기울여주는 사람이 없었다.

"막상 이러니까 괜히 살 떨리네. 5시쯤에 불이 나서 누군가가 죽을 거고, 11시에 폭발이 일어날 거고."

문순이 너스레를 떨었다.

"넌 걱정 안 해도 돼. CCTV에 타죽는 사람, 네 대가리 사이즈는 아니더라. 내가 이래봬도 휴먼 측정기 아니냐."

영식이 사뭇 진지한 얼굴로 말했다.

"……."

문순과 숙은 한심하다는 눈초리로 말없이 영식을 바라보았다.

"아, 왜? 왜들 그렇게 쳐다보는 거야? 응? 야, 나만 남겨두고 너희들끼리 어디 가. 어디 가냐고! 왜, 나만 갖고 그래! 야, 같이 가! 같이 가자고!"

* * *

상황실을 급히 빠져나온 우석이 향한 곳은 영은의 방이었다.

우석은 영은의 노트북을 상대로 씨름을 벌이고 있었다. CCTV를 감염시킨 바이러스를 해결하려면 영은의 노트북 안에 있는 백신 프로그램이 필요했다. 하지만 그러려면 패스워드를 알아야하는데 그게 쉽지가 않았다. 영은의 생일이나 주변 사람들 인적사항, 그녀가 좋아하거나 관심 가질만한 것들을 일일이 떠올려가며 입력을 해보았지만 계속 실패만 거듭

했다.

"씨발, 미치겠군."

벌써, 백하고도 스무 번째 시도가 실패로 돌아갔다. 우석은 화를 참지 못하고 손바닥으로 책상을 내리쳤다.

"쯧쯧."

뒤에서 혀를 차는 소리가 들렸다. 돌아보니 어느 틈에 왔는지 지완이 문 앞에 서서 한심하다는 듯이 쳐다보고 있었다.

"아주 잘한다. 폭발까지는 이제 열 시간도 채 남지 않았는데, 그걸 막기 위해 할 수 있는 일이라는 게 고작 노트북 비밀번호 찾기라……."

미묘하게 비꼬는 말투다. 하지만 우석은 얼굴을 붉히지 않았다.

"문순이랑 박 선생이 예상 폭발 지점 점검하고 있어. 숙이도 남은 CCTV 파일 중에서 건질만한 게 있는지 찾는 중이고."

"백사장에서 바늘 찾기지."

우석은 자신도 안다는 듯 쓰게 웃었다.

그리고 잠시 침묵이 흘렀다.

"고맙다. 아까 내 편 들어줘서."

우석이 말했다.

"내가 아니라 영은이가 형 편든 거지."

지완이 정정했다.

우석은 못 말리겠다는 듯 고개를 흔들었다. 그러고는 담배를 꺼내서 라이터로 불을 붙이려하자, 지완이 라이터를 뺏었다.

"안 돼. 흡연캡슐 가서 펴! 여긴 영은이 방이야. 숙녀 방에 담배냄새를 배게 할 생각이야, 매너 없게."

지완은 라이터를 자기 주머니에 넣으며 차갑게 말했다.

"지금 이 상황에······."

우석은 야속하다는 듯이 지완을 쳐다보았다.

"이게 폭발의 원인이라도 되면 어떡할 거야? 복원되지 않은 화면에 뭐가 담겨 있을지 모르지만, 우리가 보지 않은 일들은 확정된 미래가 아냐."

"그럼 우리가 본 것들은 확정된 미래고?"

"······."

그리고 다시 침묵이 흘렀다.

"명심해. 4시 반까지는 형의 방식을 따를게. 파일을 복원하든지 어쩌든지 해서 그때까지 찾지 못하면, 그때부턴 내 방식대로 할 거야."

침묵을 깨고 지완이 말했다.

"씨발, 내가 수학 가르치던 중학생 유지완 맞아?"

"걔가 누군데? 내가 아는 애야?"

"됐다, 됐어. 지금 너랑 입씨름할 시간이 없다."
"알면 됐고. 난 영은이한테 가볼 거야."
그렇게 말하고는 지완이 의무실로 떠났다.
우석은 지완의 뒷모습을 착잡한 얼굴로 쳐다보다가 다시 노트북으로 시선을 돌렸다. 그러고는 깍지를 끼고 손마디를 풀면서 전의를 불태웠다. 어떻게든 패스워드를 찾겠다는 듯이 각오를 다지며 맹렬하게 키보드를 두드렸다.

* * *

시간은 계속 흘러갔다.
팀원들은 남은 시간 안에 실마리를 찾기 위해 분주하게 움직였다. 두 눈으로 동영상까지 본 이상, 머뭇거릴 새가 없었다. 어차피 잔류를 선택했다면 그 선택을 후회하지 않도록 최선을 다해야 한다.
우석은 영은의 노트북을 상대로 패스워드를 알아보는 사이사이에 연구소 설계도를 홀로그램으로 띄어놓고 발화예상지점을 찾는데 주력했다. 하지만 넓은 구획을 혼자서 일일이 체크하기란 결코 쉬운 일이 아니었다. 더욱이 패스워드 찾는 일과 병행하다보니 신경이 분산되어 자꾸만 예민해졌다. 작은 소음에도 신경질이 났다. 문득문득 시계를 볼 때마다 조바심이 나서 집중이 흐트러졌다.

문순과 숙은 주로 동력실 주변을 위주로 열심히 살폈다. 평소라면 사랑을 속삭이며 밀회를 즐겼겠지만 지금은 그럴 호사를 부릴 때가 아니라는 것을 두 사람 모두 잘 알고 있었다. 상황실에서 우석이 했던 말이 두 사람을 자극했고 동기부여를 한 것이 주효했다.

반면에 영식은 두 사람과는 달리 그렇게 적극적인 모습을 보이지 않았다. 애초에 그는 잔류를 반대하는 입장이고, 지금도 우석이 마음을 돌렸으면 하는 바람을 품고 있었다. 물론 겉으로 내색하진 않았다. 우석과 오랫동안 알고 지내던 지완과는 입장이 다르다는 것을 그도 잘 알고 있었다. 이 연구소에서 우석의 생각에 반대하는 것은 일종의 하극상이었다. 사실 오래전부터 우석의 방식에 불만을 가지고 있었지만 단 한 번도 겉으로 드러낸 적이 없었다. 가급적 문제를 일으키지 않는 것이 그가 살아가는 방식이기 때문이었다. 그래도 여전히 내키지 않은 건 어쩔 수 없었다. 당장이라도 달려가서 철수하자고 말하고 싶은 마음이 굴뚝같았지만 그랬다간 조 실장처럼 비품창고에 갇히는 신세가 될지도 모를 일이었다.

이래저래 못마땅한 영식은 건성으로 작업에 임하다가 우연히 에어록 외부 통로에 있는 산호발파 잠수정을 보았다. 2인승이라 경차처럼 자그마한 잠수정이지만 성능만큼은 뛰어나서 심해에서도 문제없이 항해가 가능했다. 문득 영식의 머릿속에 불온한 생각이 떠올랐다. 저걸 타면 여길 빠져나갈 수 있겠다 싶은 마음에 슬그머니 다가가다가 상황보고를 하라는 우석의 메시지를 받고 화들짝 놀라고 말았다. 더듬거리는 목소리로 보고를 끝낸 영식은 한참 동안 잠수정을 쳐다보다가 괜한 짓은 벌이지 말자고 스스로를 설득하곤 입맛을 다시며 발길을 돌렸다. 아직은 적절한 때가 아니라고 생각했다.

다른 사람들을 돕기 전에, 잠시 의무실을 찾은 지완은 영은을 물끄러미 바라보다가 바지주머니에서 MP3플레이어를 꺼냈다. 그러고는 영은의 귀에 가까이 놓아두고 〈Will you still love me tomorrow?〉을 선곡하여 무한반복으로 설정한 다음, 재생버튼을 눌렀다. 비록 의식이 없는 상태이지만 그렇게라도 자신의 마음을 전하고 싶었던 것이다. 그리고 둘만의 의미가 담긴 노래를 들려주면, 어쩌면 그녀가 깨어날지도 모른다는 기대를 품었다.

지완은 영은의 이마에 입을 맞추고는 천천히 의무실을 나왔다. 그러고는 다른 사람들을 돕기 위해 자신의 맡은 구획으로 걸음을 옮겼다. 몸은 그렇게 움직였지만 지완의 머릿속에서 영은에 대한 걱정이 떠나지 않았다. 다른 때였으면 아무것도 하지 않고 그녀가 깨어날 때까지 곁을 지켰을 것이다. 하지만 지금은 그럴 수 없다는 게 지완을 힘겹게 만들었다. 마치 밀물처럼 어떤 무력감이 밀려와 조금씩 지완의 심신을 잠식하고 있었다. 그 불편한 느낌을 떨쳐버리려고 걸음을 재촉하는데 멀리서 작은 불빛하나가 움직이는 게 보였다.

지완은 무심결에 그쪽으로 걸어갔다. 우석이 흡연 캡슐에 들어가 담배를 피우고 있었다.

지완은 걸음을 멈추고 우석을 쳐다보았다. 그 시선을 느꼈는지 우석도 담배를 피우다말고 고개를 들어 우석을 쳐다보았다.

서로 말은 하지 않았다.

지완이 먼저 우석에게 손을 흔들어주었다.

우석은 쓰게 웃더니 담배를 비벼 끄고 천천히 흡연 캡슐에서 나왔다. 그러고는 지완에게 손을 흔들어주고는 터벅터벅 영은의 연구실 쪽으로 걸어갔다. 지완은 우석의 뒷모습을 물끄러미 바라보다가 천천히 돌아서서 걸음을 옮기기 시작했다.

그렇게 모두가 사라지고, 텅 빈 복도에는 CCTV카메라의 불빛만이 희미하게 깜빡거렸다.

* * *

다른 사람들이 시간을 다투며 각자 맡은 일에 매달리는 동안, 홀로 비품창고에 갇힌 조 실장은 뭔가 소일거리를 찾아볼 요량으로 구석구석을 뒤지다가 드라이버를 발견했다. 끝이 날카로워 보이는 일자 드라이버였다. 조 실장은 회심의 미소를 지으며 드라이버를 쥐고 문으로 걸어갔다. 따지고 보면 드라이버도 날붙이. 잘만 쓰면 이것으로 문을 열 수도 있겠다 싶었다. 하지만 기대와는 달리 드라이버는 아무짝에도 쓸모가 없었다. 문틈으로 넣기엔 너무 두꺼웠고, 문을 부수기엔 너무나 작은 연장이었다.

"아, 씨발!"

결국 조 실장은 드라이버를 패대기치더니 제풀에 지쳐 털썩 주저앉았다. 헛심을 써서 그런지 뱃속에서 꼬르륵 소리가 났다. 생각해보니 점심 이후로 아무것도 먹질 못했다. 한번 시장기가 느껴지자 걷잡을 수가 없었다. 뱃가죽이 등짝에 달라붙는 기분이었다.

"뭐, 먹을 게 없나."

조 실장은 다시 일어나 수납장을 뒤적거렸다. 이번엔 소득이 있었다. 아쉬운 대로 통조림 몇 개가 나왔다. 황도랑 골뱅이가 든 통조림이었다. 조 실장은 두 가지를 놓고 저울질을 해보더니 황도를 선택했다.

"가만, 근데 이걸 어떻게 따지?"

다시 난관에 부딪혔다.

낙담해서 통조림을 집어던지려는데 조금 전까지 문을 열겠다고 사용하던 드라이버가 바닥에 굴러다니는 게 보였다. 조 실장은 옳다구나 하고 드라이버를 집었다. 그러고는 뾰족한 끝을 송곳처럼 사용해서 뚜껑을 따기 시작했다. 처음엔 생각처럼 되지 않아서 애를 먹어야했다. 그러다가 요령이 생기면서 조금씩 구멍을 냈고, 천신만고 끝에 뚜껑을 따는 데 성공하자 너무 기쁜 나머지 만세를 불렀다. 문제는 통조림을 손에 쥐고 만세를 불렀다는 것이다. 덕분에 안에 든 내용물이 바닥에 쏟아졌고, 일부는 소 실상의 얼굴과 옷을 더럽혔다.

"미치겠네."

조 실장은 빈 통조림을 버리고 새것을 집었다. 다시 뚜껑을 따려고 드라이버를 쥔 조 실장의 시선이 문득 맞은편 환기구로 향했다. 조 실장은 환기구와 드라이버를 번갈아보았다. 그러더니 주먹으로 자기 이마를 쳤다. 드라이버를 이용해서 환기구로 빠져나갈 수도 있겠단 생각이 들자 허기 따윈 눈 녹듯이 사라졌다.

조 실장은 통조림을 내팽개치고 구석에 쌓인 박스들을 가져와 발판을 만들었다. 이어서 드라이버로 환기구의 덮개를 뜯어냈다.

"흥! 언제까지 여기에 날 가둘 수 있을 거라 생각했냐. 날 무시하지 말라고."

조 실장은 버둥거리며 환기구로 들어갔다. 어둠속으로 길게 이어진 환기닥트는 제법 공간이 넓어서 이동하는 데 그리 어려워보이진 않았다. 문제는 너무 어둡다는 것이었다. 조 실장은 심호흡을 하고 낮은 포복으로 엉금엉금 기어갔다.

'빌어먹을, 여기서 나가기만 해봐. 정 우석, 가만두지 않을 거다. 이런 개고생을 시켜? 반드시 후회하게 만들어주마.'

조 실장은 낑낑거리며 열심히 전진했다. 하지만 마음만 앞설 뿐이지 비좁은 환기닥트를 포복으로 이동하는 게 결코 쉬운 일이 아니었다. 겨우 몇 미터를 가는 것도 무척 벅찼다. 마치 신병훈련소 시절로 다시 돌아간 기분이었다. 한창 때도 아니고 이제 오십 줄을 바라보는 그로서는 여간 고역이 아니었다. 금세 무릎이 아파오고 팔꿈치도 욱신거렸다. 정체를 알 수 없는 악취도 그를 괴롭히는 요소 중 하나였다. 그래도 달리 방법이 없으니 감내하며 꿋꿋하게 앞으로 나아갔다. 한참을 그렇게 가다보니 갈림길이 나왔다. 조 실장은 잠시 갈등했다. 어느 쪽으로 가야 출구가 나오는지 알 수가 없었다.

'에라, 모르겠다. 어디로 가든 서울로만 가면 그만이잖아.'

조 실장은 오른쪽을 선택했다. 그러고는 한손으로 바닥을 더듬으며 전진하려는데 갑자기 우지끈 하는 소리가 들렸다.

당황한 조 실장이 뭔가 잡아보려고 손을 뻗는 순간, 바닥이 푹 꺼지면서 속절없이 아래로 추락했다.
"으아아아!"

07.
비극의 시작

인생은 고뇌와 고독, 고통으로 가득하다.
그리고 인생은 모두 너무 빨리 끝난다.

(우디 알렌)

"내 생각엔 아무래도 여기가 제일 불안한 거 같아. 제일 오래된 시설이기도 하고, 러시아애들이 철수한 뒤로 관리가 전혀 안 됐잖아."

문순이 한숨을 쉬며 말했다. 그러고는 습관처럼 시계를 확인했다. 그사이에 벌써 오후 4시 21분이었다. 시간이 너무 빨리 지나갔다. 생각하기에 따라선 충분히 시간적인 여유가 있었지만 조바심을 느끼기 시작하자 그런 마음이 싹 사라졌다. 무엇보다 숙이 걱정되었다. 자신은 어떻게 돼도 상관없지만 그녀만큼은 지키고 싶었다.

"안 되겠다. 숙아, 지금 네 방으로 가. 방에 들어가서 절대 나오지 마."

문순은 숙을 걱정스럽게 바라보며 말을 이었다.

"우리가 확인한 영상, 분명히 큰 장소였어. 네 방은 절대 아냐. 그러니까 어서 가. 시간이 얼마 없어."

"그럼 같이 가. 거의 다 끝났잖아."

숙이 말했다.

"야!"

"자기랑 같이 있는 곳이 제일 안전한 곳이야. 내가 자기를 혼자 내버려둘 거 같아?"

"고집하고는. 진짜 못 말리겠네."

문순이 고개를 가로저었다.

"알면 됐어."

"알았어. 그럼 조금만 더 확인해보고 처음 계획했던 대로 세이프 룸으로 가자. 어차피 시간도 얼마 안 남았으니까."

기대하진 않았지만 역시 숙을 설득하는 건 애초부터 무리였다. 그럼에도 새삼 그녀의 마음을 확인한 문순은 허탈하면서도 한편으로 기분은 나쁘지 않았다. 그리고 생각해보니 화재가 일어난 영상 속에서 사람이 보이진 않았던 것 같았다. 그렇다면 적어도 불길로부턴 안전하단 이야기인 셈이다.

"그래, 좋아."

어린애처럼 좋아하는 숙을 보며, 문순은 한숨을 내쉬다가 문득 이상한 점을 발견했는지 눈을 크게 떴다.

"어, 저거……."

숙은 문순이 가리키는 방향으로 고개를 돌렸다가 똑같은 표정을 지었다. 그쪽으로 유난히 심하게 부식된 고압밸브와 연결 파이프가 보였다. 가서 확인해보면 알겠지만 만약에 이곳이 화재의 발원지라면 그 시작점일 수도 있었다. 문순의 말처럼 러시아 스태프들이 철수한 여파로 생긴 결과였다. 고작 여섯 명에서 이 넓은 시설을 모두 관리할 수는 없었다. 모르긴 몰라도 이런 문제들이 찾아보면 더 있을 것이다.

"혹시 저긴가?"

"가서 확인해보자."

숙이 말했다.

두 사람은 조심스럽게 다가갔다.

기분 탓인지 몰라도 가까이 갈수록 밸브에서 새는 소리가 들리는 것 같았다.

아니나 다를까, 가까이 다가가보니 밸브가 헐거워져서 가늘게 연기가 새오나오고 있었다. 문순이 재빨리 공구로 밸브를 단단히 조였다. 그러자 더는 연기가 새지 않았다. 문순은 한시름 놓았다며 짧게 한숨을 내쉬었다.

"이거 때문은 아니겠지?"

숙이 밸부와 파이프의 연결 부위에 있는 녹슨 부품을 가리키며 물었다. 문순은 고개를 갸우뚱하며 부품을 건드려보았다. 그러자 힘없이 툭하고 떨어졌다. 깜짝 놀란 문순이 두 손으로 떨어지는 부품을 받쳤다.

"조심해."

숙이 문순을 나무랐다.

"미안. 근데 이건 무슨 부품인지 잘 모르겠네. 설비 쪽은 내 전문 분야가 아니라서. 그래도 겨우 이 조그만 부품이 문제를 일으킬 것 같지는……."

문순은 짧게 사과를 하고 밸브에서 떨어져 나온 부품을 이리저리 살펴보더니 도무지 모르겠다는 듯 고개를 흔들며 중얼거렸다.

그때 두 사람의 머리 위에서 우당탕거리는 소리가 들렸다.

"무슨 소리야?"

두 사람은 동시에 고개를 들었다.

천장에 뱀처럼 구불구불 이어진 환기닥트에서 들려오는 소리였다. 누군가가 그 안을 기어 다니는 것 같았다. 하지만 이런 상황에서 누가? 도무지 짐작조차 할 수 없었다. 무릇 공포란 미지(未知)에서 오는 법이다. 숙은 마른침을 꿀꺽 삼켰다. 문순도 크게 당황하는 눈치였다. 환기닥트를 바라보는 눈동자가 흔들리고 있었다.

"뭐가 저 안에서 움직이는 거 같아."

숙이 잔뜩 긴장한 목소리로 말했다.

"설마, 쥐는 아닐 테고……."

문순이 중얼거리며 공구로 환기닥트를 건드려보려고 하는데 갑자기 배관 일부가 부서지면서 뭔가 시커먼 게 떨어졌다. 깜짝 놀란 두 사람은 비명을 지르며 몸을 피했지만, 환기닥트에서 떨어진 '그것'이 하필이면 문순을 덮치고 말았다. 그 바람에 문순은 쥐고 있던 부품을 놓치고 말았다.

"우왓!"

문순이 짤막한 비명과 함께 그대로 주저앉았다. 동시에 엄살을 떠는 익숙한 목소리가 들렸다. 조 실장이었다. 먼지를 잔뜩 뒤집어쓴 조 실장이 허리를 두드리며 일어섰다. 그가 환기닥트를 뚫고 떨어진 '그것'의 정체였다.
"문순 씨, 괜찮아?"
숙이 주저앉은 문순을 일으키며 걱정스럽게 물었다.
"어, 다행히."
문순이 말했다.
"나도 괜찮은데……."
조 실장이 눈치 없이 끼어들며 능글맞게 웃었다.
"근데 부품은?"
숙이 생각났다는 듯이 물었다.
"어라?"
그때서야 문순도 깨닫고 바닥을 훑었다.
"혹시 저거 말하는 건가?"
조 실장이 배수구를 가리켰다.
배수구 바로 옆에 부품이 떨어져 있었다.
문순은 황급히 배수구로 달려가 부품을 주우려고 했다. 하지만 마음만 앞서서 그만 손가락 끝으로 부품을 건드리기 말았다. 부품이 튕기듯이 구르더니 배수구로 빠져버렸다. 망연자실해진 문순은 멍하니 보다가 퍼뜩 정신을 차리고 배수구로 손을 집어넣었다. 하지만 워낙 손이 크고 손목도 굵어서 반도 채 들어가지 못했다.

"비켜봐, 내가 할게."

숙이 달려왔다. 팔이 가는 숙은 어렵지 않게 배수구 안에 손을 넣을 수 있었다. 하지만 이미 깊이 빠졌는지 부품이 손에 잡히지 않았다.

"어때, 잡혀?"

"아니, 아직."

그때였다.

갑자기 어디선가 쉬이익, 하는 소리가 들렸다.

"어어, 저거, 저거……."

조 실장이 말을 더듬으며 문순의 어깨를 두드렸다.

고개를 돌린 문순의 얼굴에 당혹감이 서렸다. 소리를 낸 것은 고압밸브였다. 말이 씨가 된다더니, 배수구로 빠져버린 부품의 자리에서 아까보다 훨씬 굵은 연기가 요란한 소리를 내며 새어나오고 있었다.

* * *

"씨발, 도대체 패스워드가 뭐냐고!"

우석이 고함을 있는 대로 지르며 두 주먹으로 책상을 힘껏 내리쳤다. 그 충격으로 노트북으로 들썩거렸다. 숨을 몰아쉬던 우석은 문득 뭔가 생각났는지 황급히 키보드를 두드렸다. 그러나 이번에도 올바른 패스워드가 아니었다. 결국 우석은 자리를 박차고 일어섰다. 이제 남은 방법은 하나밖에 없었다.

노트북 주인에게 직접 물어보는 것!

우석은 성난 황소처럼 씩씩거리며 의무실로 성큼성큼 걸어갔다.

불과 몇 분 만에 의무실에 다다른 우석이 문을 열려고 하는데 뒤에서 지완의 목소리가 들렸다.

"여긴 왜 왔어?"

우석은 문을 열다말고 뒤를 돌아보았다.

"설마, 영은이 깨우려고 온 거야?"

"……."

우석은 아무런 대꾸도 하지 않았다.

"형, 미쳤어? 영은이는 환자야."

지완이 우석의 팔을 잡았다. 우석은 여전히 아무 말도 하지 않은 채 천천히 지완의 손을 떼어냈다.

"그거 알아? 형 욕심이 우리 모두를 위험으로 밀고 있어."

"……."

우석은 계속 말이 없었다.

시간을 확인한 지완이 선언하듯이 말했다.
"땡! 4시 30분 지났어! 이제부터 내 방식대로 할 거야."
"뭘 어쩌려고? 뭐가 네 방식인데?"
우석이 처음으로 입을 열었다.
"내 방식이 뭐냐고? 형이 영은이 곁에 못 가게 하는 거."
그러면서 지완이 의무실 출입문을 가로막고 섰다.
"비켜. 지금 너랑 이럴 시간이 없어."
"못 비켜."
"바보야! 파일을 복원하려면 영은이를 깨워야 해!"
우석이 소리를 질렀다.
"하아! 돌아도 아주 단단히 돌았네. 지금 의식도 없는 애를 깨우겠다고? 정말 제정신이 아니구나."
지완도 참지 않고 화를 냈다.
"비키란 말이야! 폭발을 막으려면 이 방법밖에 없다고!"
"형이야말로 물러서!"
"너 정말 못 비키니?"
"어, 못 비켜."
"이 자식이 정말······."
우석이 슬쩍 물러서는 듯했다. 그걸 보고 지완은 우석이 포기한 줄로만 알고 방심했다. 그때 우석이 갑자기 덤벼들더니 지완의 멱살을 우악스럽게 잡고 옆으로 힘껏 떠밀어버렸다. 전혀 예상하지 못했던 기습이었다. 지완은 순간적으로 중심을 잃고 바닥에 넘어지고 말았다. 그 틈을 놓치지 않고 우석은 재빨리 의무실로 들어가서는 안에서 문을 잠갔다.

우석은 침대에 죽은 듯이 누워있는 영은을 보고 잠시 망설였다. 사죄는 나중에 하자. 눈을 질끈 감고 죄책감을 떨쳐버린 우석은 영은의 어깨를 잡고 거칠게 흔들었다.

"영은아! 서영은! 정신 차려봐"

하지만 영은은 눈을 뜨지 않았다. 조바심이 난 우석은 더욱 세차게 흔들었다. 뺨을 때려보기도 하고, 점점 거칠어졌다.

"영은아!"

우석은 영은이 입고 있는 스웨터가 늘어날 정도로 미친 듯이 흔들었다. 그럼에도 영은은 눈을 뜨지 않았다.

"이런 미친……."

문이 열리면서 지완이 들이닥쳤다. 의무실 문은 만일의 사태를 대비해서 안에서 문을 잠가도 얼마든지 밖에서도 열 수 있었다. 너무 경황이 없어서 우석이 그 사실을 잠시 잊고 있었던 것이다. 지완은 뛰어들자마자 우석을 밀쳐냈다.

"형, 미쳤구나?"

"영은이가 깨어나야 우리가 살아."

"계속 그 소리야? 간단한 방법이 있잖아. 그냥 철수하면 다 살아."

"트로츠키는 어떡하고?"

"다시 만들면 돼."

"참 간단히도 말하는구나. 이런 기회 다시 안 와."

우석이 실망했다는 얼굴로 말했다.

"일단 살아있어야 다음 기회가 있지."

"넌 우리 실험에 애정이 있긴 하냐? 그냥 영은이랑 떨어져 있기 싫어서 따라온 거야?"

"자꾸 애처럼 굴지 마."

"뭐야?"

"백번 양보해서 우리 실험이 성공해도. 과거로는 못 돌아가. 형도 알잖아. 그건 물리학법칙에 위배되는 거라고."

"돌아온 걸로만 치면 나랑 영은이가 내일에서 오늘로 온 거잖아. 안 그래?"

"정말 바보처럼 왜 그래? 출발시점으로 돌아온 것뿐이야. 고무줄 당기면 제자리로 돌아오는 것처럼. 타임머신 개발 이전의 과거는 코시 지평선 영역 밖이야. 돌아갈 수 없어."

우석은 입술을 깨물었다.

"형도 알고 있잖아. 인정하기 싫어서 그렇지."

"아니, 나는……."

그때 영은이 신음하며 눈을 떴다.

* * *

"됐어!"

숙이 마침내 배수구에서 부품을 빼내는 데 성공했다. 무리를 하느라 손목에 벌겋게 멍 자국이 생겼다. 숙은 재빨리 문제의 압력밸브로 달려가서 거세게 뿜어져 나오는 연기를 견디며 간신히 부품을 끼워 넣었다. 그러자 잠시 연기가 잦아드는가 싶더니, 펑 하는 소리와 함께 내압을 이기지 못한 부품이 포탄처럼 튀어나갔다. 동시에 연기가 더욱 거세게 뿜어나왔다.

"아앗!"

숙은 연기의 압력에 못 이겨 뒤로 밀려나다가 발을 헛딛고 엉덩방아를 찧었다. 붕괴를 막아보려고 제어시스템을 점검하던 문순이 달려와 숙을 부축했다.

"괜찮아?"

"어, 난 괜찮아. 그런데……."

숙은 말끝을 흐렸다.

주변의 파이프들이 연쇄반응을 일으키듯 일제히 연기를 내뿜었다. 동시에 실내온도가 급상승하기 시작했다.

위험을 알리는 경고음이 요란하게 울렸다.

거의 동시다발적으로 일어나고 있어서, 어디서부터 손을

봐야할지 판단이 서지 않았다.

"안 되겠어. 숙아, 나가자. 여기 위험해. 우리가 할 수 있는 게 없어. 늦기 전에 세이프 룸으로 가야해."

"실장님은? 조 실장님이 안 보여."

"그 사람은 신경 쓰지 마. 아까부터 보이지 않았어. 진작 도망쳤다고."

"그래도……."

그때, 뒤쪽 파이프에서 뭔가 우그러지는 소리가 들리더니 뜨거운 증기가 새어나와 두 사람을 덮쳤다. 그 바람에 문순이 숙의 손을 놓치고 말았다. 다시 그녀를 잡으려고 했지만 훨씬 더 거센 압력의 연기가 문순을 뒤로 밀어냈다.

"숙아!"

여기저기서 터지는 소리가 들리고, 뜨거운 열기를 품은 연기가 사방에서 뿜어지며 문순의 시야를 가려버렸다.

"숙아, 어디 있어? 숙아!"

대답이 없었다. 그것이 문순을 불안하게 만들었다. 안개처럼 자욱한 연기 때문에 장님이나 다름없는데도 문순은 포기하지 않고 숙을 찾아 나섰다. 하지만 열기와 압력 때문에 제대로 걷는 것도 쉽지가 않았다.

문순이 목이 터져라 외쳤지만, 여전히 숙은 대답하지 않았다. 어쩌면 대답할 수 없는 상황에 처한 것인지도 몰랐다. 생각이 거기에 미치자, 문순은 불안해서 심장이 터질 것만 같았다. 상상하기도 싫은 장면이 자꾸만 머릿속에 떠올라 미칠 지경이었다.

"숙아, 대답 좀 해봐! 숙아!"

* * *

"영은아!"

지완은 영은이 깨어난 걸 발견하고 얼른 다가갔다. 하지만 우석이 먼저 다가가 지완을 밀치고 영은에게 물었다.

"바이러스 백신 있지?"

영은은 어리둥절한 얼굴로 우석을 쳐다보았다. 깨어나지 얼마 되지 않아 눈에 초점도 없어보였다. 그러자 우석이 버럭 소리를 질렀다.

"LP바이러스 백신!"

"진짜 왜 그래. 이제 막 깨어났잖아."

지완이 어처구니없다는 듯 우석을 쳐다봤다.

"조금 있으면 연구소가 폭발한다. CCTV 파일 복원해야 해."

우석은 지완을 무시하고 계속 물었다.

영은은 여전히 몽롱한 표정을 짓고 있었다. 깨어나긴 했지만 아직 제대로 정신을 차리지 못한 것처럼 보였다.

"백신 어디 있냐고!"

"네?"

영은이 처음으로 대꾸했다.

"백신, LP바이러스의 백신."

우석이 다그치듯이 말했다.

"LP바이러스 백신? 그건 없는데요? 처음부터 백신 안 만들었어요."

"뭐?"

"바이러스와 백신을 동시에 만드는 사람이 어디 있어요?"

영은이 너무 당연하다는 듯이 말해서 우석은 말문을 잃어버렸다.

"아니 그럼……."

"왜 그러는데요."

영은이 물었다.

"정말로 없어? 그래?"

우석이 다시 확인했다.

"네."

"그래도 어떻게든 해봐. 파일 복원할 수 있는 사람은 너밖에 없어!"

우석은 흥분한 나머지 영은을 억지로 일으켰다. 그러자 참다못한 지완이 다가와 우석에게 주먹을 날렸다.

"작작 좀 해!"

우석은 휘청거리며 뒤로 물러섰다.

깜짝 놀란 영은이 두 손으로 입을 가렸다. 지완은 씩씩거리며 우석을 노려보았다. 흥분이 가라앉지 않은 모양인지 주먹을 쥔 손을 바르르 떨었다.

"정신 좀 차리라고, 제발……."

인기척이 들렸다.

조 실장이 엉망인 몰골로 문에 서 있었다. 그는 회심에 찬 표정을 지으며 우석과 지완을 번갈아보았다. 마치 뭔가 대단한 일이라도 해낸 것 같은 얼굴이었다.

"내가 본사에 연락했어. 세르게이에게 수습팀을 보내달라고 했네. 미리 말하지만 나랑 비교도 안 되게 거친 사람들이야."

조 실장의 말이 끝나기가 무섭게 지진이라도 일어난 것처럼 주변이 흔들렸다. 선반 위의 약품들이 우르르 떨어졌다.

세 남자는 본능적으로 거의 동시에 시간을 확인했다.

오전 4시 43분.

"이제 정말 얼마 남지 않았어."

우석이 지완을 보고 말했다.

"우리끼리 이럴 때가 아니야. 이 문제를 수습하려면 파일을 복원해서 정확히 어떤 일이 일어났는지 알아야 해. 영은아, 너도 기억하지? 우리가 트로츠키를 타고 건너간 연구소에서 무슨 일이 일어났는지. 앞으로 몇 시간밖에 남지 않았어. 그걸 막으려면 네 도움이 필요해. 백신이 없다면 만들 순 있잖아. 아직 회복이 덜 됐겠지만 좀 부탁한다."

"알겠어요."

영은이 힘없이 대답했다.

"아, 맞다. 그러고 보니 생각났네. 화재가 어디에서 일어났는지 알아낸 것 같아. 아, 내가 아니고 문순 씨랑 궁숙 씨가 찾은 거야. 빨리 가서 도와야할 거 같은데……."

조 실장이 말했다.

"어딥니까, 거기가."

우석이 물었다.

* * *

"숙아!"

문순은 악전고투 끝에 숙을 발견했다. 낭패였다. 더 큰 문제에 직면했다. 작은 폭발이 일어나 여기저기에 불길이 치솟았다. 그 한가운데, 숙이 있었다. 그녀는 무너진 철골 아래에 발이 끼어서 옴짝달싹도 하지 못했다.

"오지 마, 위험해!"

숙이 문순을 만류했다.

하지만 문순은 무시하고 그녀에게 다가갔다. 상태는 훨씬 심각했다. 단지 발에 낀 게 문제가 아니었다. 발목에 상처가 있었다. 허옇게 뼈가 드러나 보일 정도로 깊은 상처였다. 문순은 자기가 다친 것보다 더 마음이 아팠다.

"기다려, 금방 빼내줄게."

문순이 쪼그리고 앉아서 숙의 발목을 죄고 있는 철골들을 벌려보았다. 쉽지가 않았다. 몇 개의 철골이 얼기설기 얽혀서 맨손으로는 한계가 있었다. 공구를 쓰거나 산소절단기로 잘라내지 않으면 힘들 것 같았다.

'어쩌면 좋지.'

문순이 난감해하며 이마를 짚었다.

그때 숙의 시야에 또 다른 파이프에서 가스가 새어나는 것이 보였다. 문순의 정수리에서 불과 서너 뼘 남짓한 높이에 있는 파이프였다.

숙은 문순을 한번 쳐다보고는 두 손으로 힘껏 밀쳤다.

동시에 폭발이 일어났다.

그 충격으로 문순은 입구 쪽으로, 숙은 반대편 벽 쪽으로 튕겨나갔다. 두 사람이 머물던 자리에 불꽃이 솟아올랐다.

불길이 점점 거세졌다.

떨어지면서 머리를 다쳤는지 문순은 쓰러져서 일어나질 못했다. 시뻘건 불꽃이 혀를 날름거리며 문순에게 점점 뻗어 갔다.

"문순아!"

우석이 달려와 문순을 부축했다. 함께 온 지완도 옆에서 거들었다.

서서히 거리를 좁히던 불꽃이 갑자기 아가리를 벌이며 세 사람을 한 번에 삼키려고 했다.

때마침 천장의 스프링클러가 작동하며 세차게 물줄기를 뿌렸다. 간발의 차이였다. 화마는 스프링클러의 위력에 눌려 잠시 물러서는 것 같더니 다시 몸집을 불려서 세 사람에게 다가갔다. 얄궂게도 스프링클러가 작동을 멈추었다. 이제 불길은 천장에 닿을 정도로 거세졌다.

"안 되겠어. 빨리 빠져나가야 해."

지완이 외쳤다.

우석은 지완과 함께 의식을 잃은 문순을 밖으로 끌어냈다. 그러고는 문을 닫아서 불길의 진입을 막았다.

"아이고, 문순아!"

소식을 듣고 영식이 조 실장과 함께 나타났다. 조 실장은 자신을 가둔 일에 대한 앙금 때문인지 우석과 시선이 마주치자 인상을 찌푸렸다.

"누구 여기 구조 잘 아는 사람 없어?"

우석이 물었다.

"러시아 애들이 다 철수해버렸으니……. 그나마 문순이가 잘 알 텐데, 문순이가 저러고 있네."

영식이 난감하다는 듯이 말했다.

지완도 거들고 싶은 마음에 휴대용 IT패널에 구조도를 띄어보지만 전공 분야가 아니라 그런지 자신 없는 표정을 지었다.

"뒤쪽 벽에 엘리베이터 있는 거 아닌가?"

지완이 구조도를 살피다가 뭔가를 발견하고 물었다.

"그거 없어진 지 오래됐네."

조 실장은 지완이 가리킨 지점을 보더니 고개를 흔들었다. 그러다가 우석과 시선이 마주치자 무슨 까닭에선지 겸연쩍어하며 낮게 헛기침을 했다. 우석도 표정이 밝지 않았다. 두 사람 모두 뭐가 숨기는 눈치였다.

"없어졌다고? 언제?"

지완은 전혀 몰랐던 모양인지 그런 일이 있었냐는 듯이 물었다.

"러시아스태프들이 철수하기 전의 일이야. 시뮬레이션 결과가 트로츠키를 가동할 때 발생하는 압력이 그 부분에 손상을 준다고 나왔어. 그러면 자칫 연쇄반응을 일으켜서 연구소 전체에 심각한 문제를 일으킬 수도 있어. 그래서 엘리베이터를 없애고 차단막을 만들었어."

우석이 차분하게 설명했다. 그러고는 흘끔 조 실장을 쳐다보았다. 조 실장은 그 시선이 부담스럽다는 듯 고개를 돌렸다. 두 사람의 분위기가 뭔가 이상하다고 여긴 지완은 고개를 갸웃하며 다시 사실 여부를 확인하려고 들었다.

"그래도 거기는……."

그때였다.

"숙아!"

문순이 의식을 되찾았다. 곧바로 벌떡 일어나더니 다시 안으로 들어가려고 했다.

"숙이, 숙이가 아직 안에 있어요! 다시 들어가야 해요!"

"기다려."

지완이 황급히 문순의 어깨를 잡았다. 그러고는 문순을 대신해서 다가가 문을 열었다. 순간 무시무시한 소리와 함께 검은 연기가 노도처럼 밀려나왔다. 지완은 두 팔로 얼굴을 가리며 주춤주춤 물러섰다.

"숙아, 기다려! 내가 갈게."

문순이 검은 연기를 뚫고 안으로 뛰어들었다.

"안 돼, 문순아!"

지완이 잡아보려고 손을 뻗어봤지만 이미 연기 속으로 사라진 후였다. 너무나 갑작스러워서 누구도 말릴 틈이 없었다. 지완이 황망한 얼굴로 우석을 쳐다보았다. 우석은 이 상황 자체가 못 마땅한 듯 잔뜩 인상을 구겼다.
"형! 문순이를 데리고 나와야 해."
지완이 말했다.
우석은 낮게 혀를 찼다. 이대로 우르르 몰려가봐야 전부 개죽음만 당할 수 있었다. 스프링클러는 아예 작동조차 하지 않는데 불길이 너무 거셌다. 우석은 이러지도, 저러지도 못하고 머뭇거렸다.
"뭐해, 그러고 있을 거야?"
지완이 물었다.
"……."
무엇을 염려하는 것인지 우석이 선뜻 대답을 하지 못하고 가만히 있었다. 그걸 보고 답답함을 느낀 지완이 성큼성큼 문으로 걸음을 옮겼다.
"관둬, 그럼. 나 혼자 들어가서라도 문순이를 데려올 거야."
"지완아, 잠깐!"
우석이 말릴 새도 없이 지완은 안으로 들어가 버렸다.
"같이 가."
결국 우석도 입술을 깨물더니 결국 지완을 쫓아갔다.
문을 통과하자마자 뜨거운 열기가 두 사람을 맞았다. 얼굴이 익고 살갗이 타들어가는 기분이 들었다.
"뭐가 보이냐?"
우석이 물었다.
불꽃과 연기 때문에 시계를 확보하기 어려웠다.
"저기! 저기, 문순이가 있어!"
주변을 열심히 살피던 지완이 어딘가를 가리켰다. 우석은 손으로 눈 위를 가리며 그쪽을 쳐다보았다.
이동용 철제교각이었다. 뜨거운 열기를 견디지 못해 난간이 우그러지고 교각의 중간부분이 끊어져 있었다. 문순은 교각의 끝 난간에 매달려 숙을 부르고 있었다. 하지만 자욱하게 일어난 연기 때문인지 숙은 보이지 않았다. 그 때문에 문순은 더욱더 필사적이었다. 자칫 추락할지도 모르는데도 위태롭게 난간을 붙잡고 아래쪽을 살폈다.
"저 자식, 왜 저기에 있는 거야. 야, 김 문순!"
지완이 문순을 부르며 교각에 발을 올렸다. 그러자 교각이 엿가락처럼 휘어졌다.
"헉!"
"조심해!"
우석이 황급히 제지했다.
"무리야. 무게를 못 견딜 거야. 여길 건너기엔 넌 너무 무거워."

"이거 놔. 문순이를 데려와야 해."

지완이 우석을 뿌리치고 다시 다가가려고 했다. 그러자 우석이 다시 지완을 붙들고는 고개를 흔들었다.

"무모한 짓 하지 마. 너까지 다칠 수 있어."

"아, 씨발."

지완은 자기혐오에 빠져 욕설을 내뱉었다.

"우리보다 훨씬 가벼운 사람이 있어야 해."

우석이 말했다.

"우리보다 가벼운 사람을 어디서 찾아. 그렇다고 조 실장, 저 인간이 도와줄리 없고……."

지완은 마른침을 꿀꺽 삼키며 주변을 두리번거렸다. 그러다가 슬금슬금 뒤따라온 영식에게 눈길이 머물렀다.

"그 시선은 뭐지? 남자 몸무게 다 거기서 거기야. 나 통뼈라 보기보다 무겁다고."

영식이 구차한 핑계를 늘어놓았다.

그때 교각이 소리를 내며 다시 크게 휘었다. 그 아래론 지옥의 유황불 같은 불길이 무섭게 타오르고 있었다. 지완이 낮게 신음했다.

"빌어먹을."

우석은 낮게 혀를 차고는 밖으로 나가 조 실장에게 다가갔다.

"잘 들어요. 지금은 저 친구들을 구하는 게 우선입니다. 저기 통제실 보이죠? 가서 방화벽(防火壁)을 내려주세요. 불길을 여기서 잡아야 합니다. 그런 다음에, 모든 닥트 공기통로를 차단하고 환기팬을 끄는 겁니다. 알겠죠? 산소를 차단하면 화염도 연료를 잃으니 금방 잡힐 겁니다."

조 실장은 그 정도쯤은 문제없다며 고개를 끄덕였다.

"이제 문제는 산소를 차단한 다음인데, 문순이한테 어떻게 산소탱크를 전해주지. 나나 지완이는 어림도 없고······."

우석은 곤란하다는 듯이 중얼거렸다.

"제가 갈게요."

뜻밖의 목소리에 우석은 고개를 들었다.

놀랍게도 문순이 그토록 찾아 헤매던 숙이 그들 뒤에 나타났다. 얼마나 고초를 겪었는지 목골이 말이 아니었다.

"아니 어떻게 된 거야? 문순이는 널 찾아서 안으로 들어갔는데······."

우석이 물었다.

"운이 좋았어요. 폭발이 일어났을 때, 반대편 출구로 날아갔어요. 물론 덕분에 발목을 다치긴 했지만 그래도 견딜만해요."

그 말에 우석은 숙의 오른발을 보더니 미간을 찡그렸다. 그냥 봐도 견딜만한 수준이 아니었다. 뼈가 드러날 정도로 심한 상처여서 걷는 것도 힘들어보였다. 그녀에게 맡기는 건 문순을 구하기는커녕 둘 다 죽이는 짓이었다.

"너, 인마. 그게 무슨 견딜……."

우석이 뭔가 말하려고 하자, 숙이 손을 들어 말허리를 잘랐다.

"아뇨, 견딜 수 있어요. 그래야만 해요. 나 말고는 없잖아요. 팀장님도, 지완 오빠도, 교각을 건너기엔 너무 무겁잖아요. 그러니까 내가 갈게요. 내가 가게 해주세요."

숙이 고집을 부렸다. 너무나 완강해서 우석은 그녀를 설득할 자신이 없었다. 그리고 다른 대안이 없다는 것도 잘 알고 있었다. 우석은 이 가녀린 아이를 사지에 몰아넣는 역할을 맡고 있는 자신이 너무나 한심했다.

"정말로 괜찮겠냐?"

우석이 물었다.

"네. 그리고 전 44사이즈잖아요. 영은이 언니보다 더 가볍다고요."

숙이 애써 밝게 웃으면서 말했다.

"알았다, 그럼."

우석은 짧게 한숨을 내쉬고는 영식을 불렀다.

"박 선생, 잠수복이랑 산소탱크 두 개, 가져다주세요. 숙이가 갑니다. 우리들 중에서 가장 용감하고 날씬한 숙이가. 44

사이즈."

영식이 당황해서 숙을 쳐다보았다. 숙이 미소 띤 얼굴로 영식을 보며 고개를 끄덕였다. 말이 아닌 눈빛으로 말하고 있었다. 부탁한다고. 자기가 할 수 있게 도와달라고. 영식은 입술을 깨물었다. 도저히 거절할 수 없는 미소였다.

"알겠습니다, 금방 다녀오죠."

"서두르세요."

영식은 알겠다며 손을 흔들고는 황급히 장비실로 뛰어갔다. 그러고는 자기가 내뱉은 말처럼 금세 잠수복과 산소통 두 개를 가지고 돌아왔다.

"사이즈가 맞아야할 텐데……."

영식이 슬쩍 농담을 건네며 숙에게 심해작업용 잠수복을 내밀었다.

"딱 맞겠는데요?"

숙은 잠수복을 들어보며 피식 웃고는 돌아서서 그 자리에서 바로 갈아입었다. 그녀의 행동에 네 남자는 당황해서 얼른 시선을 피했다.

"이제 제가 뭘 하면 되죠?"

잠수복으로 갈아입은 숙이 우석에게 물었다.

우석은 착잡한 얼굴로 그녀를 바라보며 무겁게 입을 열었다.

"그러니까……."

    * * *

우석은 안전을 위해서 숙의 허리에 로프를 감았다. 그러고는 다시 한 번 조심하라고 당부하고 그녀를 안으로 들여보냈다.
우석의 계획은 이랬다.
그녀가 산소통을 전해주면, 조 실장으로 하여금 부속실 내부의 산소를 차단해서 불길을 잡는 게 1단계. 그 다음, 불길이 잡히는 동안 문순은 산소마스크를 쓰고 버티다가 틈을 봐서 밖으로 나오는 게 2단계였다. 마지막으로 만일을 대비해서 방화벽을 내려 이곳을 완전히 차단해서 불길이 번지는 것을 막을 생각이었다.
"숙아, 조심해."
지완과 영식이 로프를 단단히 붙잡았다.
숙은 뒤를 흘끔 돌아보고는 천천히 난간에 발을 올렸다. 가녀린 그녀가 올라갔는데도 난간이 휘청거렸다. 체중이 아무리 가벼워도 산소통 두 개, 그리고 심해용 잠수복의 무게도 무시할 수 없는 것이었다. 그녀가 아픈 발을 질질 끌며 걸음을 옮길 때마다 교각이 크게 흔들렸다.

"뭐야? 왜, 네가 와. 안 돼, 오지 마."

뒤늦게 그녀를 발견한 문순이 소스라치며 큰 소리로 만류했다.

"괜찮아. 문순 씨, 조금만 기다려. 내가 구해줄게."

숙은 희미하게 웃으며 천천히, 신중하게 걸음을 옮겼다.

"안 돼! 오지 마, 숙아. 제발, 오지 말라고."

문순이 필사적으로 외쳤다. 하지만 숙은 멈추지 않고 계속 전진했다. 드디어 손이 닿을 만큼 다가가는 데 성공한 숙은 환하게 웃어보였다.

"거봐, 괜찮지? 나만 믿으라니까."

"너, 정말……."

문순은 숙의 고집을 못 당하겠다는 듯 고개를 흔들었다.

"문순 씨, 이거."

숙이 여분의 산소통을 그에게 내밀었다.

그때 교각이 소리를 내며 크게 휘었다. 숙이 외마디 비명을 지르며 납작 엎드렸다. 그 바람에 산소통을 그만 놓치고 말았다.

산소통은 불길 속으로 떨어져버렸다.

"숙아, 괜찮니? 괜찮은 거야?"

문순이 당황해서 다급하게 그녀를 불렀다.

숙이 고개를 들었다.

"어, 괜찮아. 근데 산소통을 떨어뜨렸어."

"정말 너란 애는……."

"우선 내 걸 받아."

숙이 자기가 메던 산소통을 문순에게 건넸다.

"그럼 너는?"

"빨리 받아. 또 놓치기 전에!"

숙이 소리를 지르자, 문순은 황급히 산소통을 받았다. 그때 난간이 다시 크게 흔들렸다. 깜짝 놀란 문순은 엉겁결에 숙이 있는 쪽으로 몸을 날렸다. 그러자 무게가 한쪽으로 쏠리면서 난간이 소리를 내며 아래쪽으로 우그러들었다.

"아악!"

숙이 비명을 지르며 쭉 미끄러지더니 난간 끝에 대롱대롱 매달렸다.

"숙아, 안 돼!"

문순이 화들짝 놀라며 손을 뻗었지만 갑자기 치솟은 불길이 그를 가로막았다. 불꽃의 열기가 숙의 허리에 감았던 로프를 끊어버렸다. 그때 밑으로 떨어졌던 산소통이 과열되어서 폭발을 일으켰다. 그 파편 일부가 날아올라 숙을 때렸다.

숙이 외마디 비명을 지르며 아래로 추락했다.

문순이 숙을 쫓으려는데 누군가 달려와 그를 붙잡았다. 그러고는 무시무시한 힘으로 끌고 갔다. 뒤에서 지켜보고 있던 지완이 도박하는 심정으로 달려와 문순을 잡아끌었다. 동시에 난간이 불길에 삼켜지더니 엿가락처럼 휘며 바닥으로 떨어졌다.
"숙아!"
지완의 도움으로 바깥으로 나온 문순은 다시 안으로 들어가려고 했다.
"정신 차려!"
우석이 그의 뺨을 때렸다.
"숙이를 구해야 해요!"
문순이 외쳤다.
"저 불길 속을 어떻게 뚫고 들어가려고."
"그래도 구해야 해요."
"너도 죽을 수 있어."
"숙이가 죽으면 전 죽은 거나 다름없습니다."
그때 영식이 끼어들었다.
"숙이가 떨어진 위치면 아래층에서 확인할 수 있을 거야. 그러니까 내려가 보자고. 여기서 이래봐야 시간낭비야."
영식의 말이 끝나기가 무섭게 문순은 아래층으로 달려갔다. 다른 사람들도 황급히 문순을 따라갔다. 걸음을 옮기다 말고 우석은 통제실을 쳐다보았다. 시선이 마주친 조 실장이 고개를 끄덕였다. 우석은 미덥지 않은 눈길로 그를 바라보다가 등을 돌려 아래층으로 내려갔다.

* * *

"형, 통제실은?"
 지완이 막 내려오고 있는 우석에게 물었다.
 "숙이는?"
 우석이 지완의 시선을 외면하며 물었다. 그 말이 무섭게 문순이 출입문을 열었다. 뜨거운 열기가 문 밖으로 밀려나왔다. 우석과 지완은 반사적으로 팔을 들어 얼굴을 가렸다. 하지만 문순은 개의치 않고 무작정 안으로 들어가려고 했다.
 "문순아!"
 지완이 문순을 불러 세웠다.
 문순은 그 소리를 못 들었는지 아니면 일부러 못 들은 척하는 것인지 지완을 무시하고 안으로 발을 들였다.
 "숙이가 저기 있어!"
 지완은 문순이 가리키는 곳으로 고개를 돌렸다.
 부서진 잔해 속에 깔려서 정신을 잃고 쓰러져 있는 숙의 모습이 보였다. 하지만 그 주변의 불길이 너무 거세서 쉽사리 다가가기 어려워보였다.
 "숙이를 구하러 가야해."

문순이 막 걸음을 떼려는데 갑자기 내부의 천장이 무너져 내렸다.
"위험해!"
지완이 얼른 문순을 잡아당겼다.
"이거 놔!"
그때 경고음이 울리며 방화벽들이 빠르게 내려오고 시작했다. 순서가 잘못 되었다. 우석의 계획은 환기닥트를 닫는 게 먼저였다. 그래서 산소공급을 차단하여 불길을 잡는 생각이었다. 그런데 순서가 바뀌어서 차단벽이 먼저 내려오고 있었다.
"뭐야, 왜 방화벽이 벌써 내려와?"
지완이 우석을 쳐다보며 물었다.
"조 실장이야. 조 실장이 독단으로 내리는 거야."
"그 새끼가 왜?"
"아마도 산소제조실을 보호하려고 그러는 걸 거야. 저, 격벽 뒤가 바로 해수 전기분해장치가 있는 위치잖아. 저기가 불에 타면 우리 모두 끝이야."
"그래도 아직 그곳으로 불길이 번진 게 아니잖아! 숙이는? 숙이를 구해야지."
두 사람이 설전을 벌이는 사이에, 다시 일어난 문순이 안으로 들어가려고 했다. 영식이 말려보려고 했지만 막무가내였다.

"야, 김문순! 어딜 가는 거야!"

지완이 가세해서 문순을 붙들었다.

"숙이가 안에 있단 말이야. 구하러 가야 해."

"멍청아, 지금 들어가면 너도 죽어!"

"그럼 같이 죽을래."

두 사람이 매달려도 문순은 괴력을 발휘해서 한 걸음씩 전진했다. 오히려 두 사람이 문순에게 질질 끌려가고 있었다.

"정신 차려!"

우석이 달려와 문순의 턱을 후려갈겼다.

문순이 중심을 잃고 주저앉았다.

그사이에 방화벽이 내려와 입구를 차단해버렸다. 육중한 소리에 깜짝 놀라 고개를 든 문순이 방화벽에 가로막힌 것을 확인하고 절규했다.

"안 돼! 닫지 마. 이거 열어. 열라고! 숙이가 안에 있어!"

문순이 주먹으로 방화벽을 두드리며 고래고래 소리를 질렀다.

"형, 조 실장한테 방화벽 열라고 해."

지완이 말했다.

"안 돼."

우석이 냉담하게 말했다.

"뭐? 지금 내가 잘못 들은 건 아니지?"

지완이 되물었다.

"지금 저걸 다시 열면 불길을 잡을 수 없어. 그러면 어떻게 되는지 조금 전에 말했지? 산소공급이 끊겨봐. 그럼 다 끝장이야."

"아냐, 아직 시간이 있어. 당장 불길이 옮은 것도 아니잖아. 해봐야지."

지완이 말했다.

"위험부담이 너무 커."

"내가 책임질게!"

"야, 네가 뭔데 책임을 져. 건방떨지 마."

우석이 버럭 소리를 질렀다.

"문 열어. 숙이가 저 안에서 죽어가잖아."

그때 문순이 달려와 우석의 IT패널을 뺏더니 통제실의 조실장에게 연결했다.

"조 실장님! 부탁입니다. 방화벽, 열어주세요. 제발……."

문순이 간절하게 애원했다.

"미안하네, 문순 씨. 나도 어쩔 수가 없어. 정말 미안해."

조 실장이 문순의 부탁을 거절했다.

"안 돼! 이 개새끼야! 문 열라고. 빨리 열란 말이야!"

순간 안에서 커다란 폭발이 일어났다.

그러자 조 실장이 환기닥트를 차단시켰는지 팬 돌아가는 소리가 뚝 멎었다. 이제 방화벽 너머의 부속실에 산소공급이 차단될 것이다. 그러면 숙은 불에 타죽지 않더라도 질식해서 숨이 끊어지게 되는 것이다.

"아, 아, 안 돼."

불길은 겨우 잡혔지만 끝내 숙은 구하지 못했다. 방화벽을 다시 올렸을 때는 불에 타버린 끔찍한 시신의 모습으로 문순을 기다리고 있었다. 문순은 숙의 시신 앞에 무릎을 꿇고 멍한 얼굴로 그녀를 내려다보았다. 그러고는 다시 천천히 일어나 숙의 시신을 안고 어딘가로 천천히 걸어갔다. 누구도 문순의 앞을 가로막을 수 없었다.

숙의 안타까운 죽음 말고도 또 다른 문제가 우석을 괴롭혔다. 부속실의 화재로 전력수급에 문제를 일으켰다. 배선이 모두 타버리는 바람에 사실상 메인전력이 끊기고 말았다. 이건 매우 심각한 문제였다.

"비상발전기를 가동시켰어. 상황실이랑 슈퍼컴퓨터만 전력이 공급돼. 난방이 안 되니 이제부터 추워질 거야."

어느 틈에 패딩조끼를 챙긴 영식이 동료들에게 말했다.

* * *

다른 사람들이 화마를 상대로 숙을 구하는 데 열중하고 있을 때, 영은은 자기 방으로 돌아와 노트북을 켜고 정신없이 키보드를 두드렸다. 마치 사람들의 시선을 피해 몰래 작업하는 것처럼 보였다. 영은은 패스워드를 입력하고 로그인을 했다. 그리고 다시 몇 개의 폴더를 열어서 패스워드를 입력하는 작업을 반복했다.

그러고는 우석에겐 존재하지 않는다고 말한 '백신 프로그램'을 불러왔다. 커서를 삭제 버튼에 놓았다.

영은은 잠시 머뭇거렸다.

"왜 거짓말했어?"

우석이다. 목소리는 뒤에서 들려왔다.

영은은 깜짝 놀라 뒤를 돌아보았다. 언제 나타났는지 우석이 문 앞에 서 있었다. 화마와 싸운 흔적이 온몸에 남아있었다.

"백신 있었잖아."

"그건······."

영은은 대답하지 않고 얼른 마우스를 움직여 백신을 삭제하려고 했다. 그러자 우석이 다가와 마우스를 낚아챘다.

"무슨 짓이야!"

"CCTV 파일 열면 안돼요!"

영은이 다급하게 외쳤다.

"뭐? 어째서?"

우석이 물었다.

"열지 말랬어. 절대로······."

영은이 마치 자신에게 말하듯 중얼거렸다.

"무슨 소리야? 누가 그런 개소리를 했다는 거야."

"나, 거기서 누굴 만났어요."

"누구? 본사에서 파견한 수습팀? 아니면 누구? 잘 들어. 그때 '거기'에 갔을 때 누군가가 날 죽이려고도 했어. 네가 만났단 사람이 혹시 그놈이랑 동일인인지 어떻게 알아. 넌, 그런 사람 말을 믿어?"

"믿을 수밖에 없는 사람이었어요."

"이상한 소리, 그만 해!"

우석은 화를 내며 영은을 의자에서 일으켜 세웠다. 그러고는 자신이 앉으려고 했다.

"파일 열지 마! 오빠."

영은이 다급한 목소리로 외쳤다. 우석은 놀란 얼굴로 영은을 쳐다보았다. 그녀가 반말하는 것은 이번이 처음이었다. 지금껏 단 한 번도 우석을 이렇게 부른 적이 없었다. 우석은 잠시 멍한 얼굴로 영은을 바라보다가 결심한 듯 노트북 앞에 앉았다.

"숙이가 죽었어."

우석이 담담하게 숙의 죽음을 알렸다. 너무 차분한 목소리라 영은은 부고를 접하고도 선뜻 실감할 수가 없었다. 우석이 재차 확인하듯 무겁게 고개를 끄덕였다. 그때서야 영은은 우석의 말이 사실임을 깨달았다.

"숙이가 죽었다고요……."

영은은 제대로 말을 잇지 못했다.

"그래, 처음 복원한 동영상에서 본 희생자는 바로 숙이었어. 불타 죽은 사람 말이야. 이건 가상현실도 시뮬레이션도 아니야."

우석의 말에 충격은 받은 영은은 입을 막으며 뒤로 한 걸음 물러섰다. 우석은 아랑곳하지 않고 계속 말을 이었다.

"진작 감염된 파일들을 복원했더라면 막을 수 있었어. 숙이의 죽음엔 네 책임이 커. 그러니까 자꾸 이상한 소리하지 마. 앞으로 일어날 더 큰 희생을 막으려면 빨리 파일들을 복원해야 해. 그게 유일한 방법이야."

08.
Killing Time

나는 자신의 절망을 견딜 수는 있지만,
다른 사람의 희망은 견딜 수 없다.

(윌리엄 월시)

주인 잃은 남궁 숙의 방에서 문순이 흐느끼고 있다. 주변에 아무도 없는데도 입을 틀어막으며 소리를 죽이고 눈물을 삼켰다. 그 옆에는 까맣게 타버린 숙의 시신이 놓여있었다. 원래는 의무실에 갔어야할 시신을 그가 다른 사람의 도움 없이 이곳에 가져다 놓은 것이다. 어차피 다른 사람들은 제 목숨을 살리느라 분주해서 그에게나 죽은 숙에게는 큰 관심이 없다.

"숙아, 숙아……."

문순은 쭈그리고 앉아 죽은 연인의 이름을 불렀다.

그녀에게서 나던 달콤한 체취는 이제 맡을 수 없다. 대신 말로 형언할 수 없는 악취가 났지만 개의치 않았다. 문순은 숙의 시신을 바라보며 얼마 전에 나눈 대화를 떠올렸다.

'나는 아직도 상대성이론이 이해가 안 가. 공돌이라 그런가…….'

'초창기엔 물리학자들도 상대성이론 제대로 이해하는 사람 없었어. 간단하게 생각해. 빛의 속도는 일정하고 시간은 상대적이다.'

'시간은 상대적이다? 하기 싫은 일 할 때는 시간이 느리게

가고 자기랑 함께 있을 때는 시간이 엄청나게 빨리 가는 거. 이런 거?'

'자긴 천재야!'

시신을 보고 있는데도 여전히 실감나지 않았다. 이제 그의 말도 안 되는 농담에 맞장구치며 천재라고 추켜세워 줄 사람은 이 세상에 없다. 넋이 나간 문순이 나직이 중얼거렸다.

"이제 자기가 없으니……. 시간이 아주 느릿느릿 가겠네. 시간은 상대적이니까……."

문득 문순의 시야에 책장에 꽂힌 책들 사이로 다이어리가 보였다. 문순은 천천히 일어나 무심코 다이어리를 집었다. 그러자 뭔가 바닥으로 팔랑거리며 떨어졌다. 사진이었다. 그것도 초음파 촬영 사진. 문순은 황급히 사진을 주웠다. 사진 안에는 희미하지만 태아의 모습이 잡혔고, 아래에 '11월 15일 블라디보스토크 00병원'이라고 적혀있다. 사진에 적힌 날짜는 그녀가 외박을 나갔던 날이었다.

"휴가 나가면 나랑 꼭 갈 데가 있어, 아마 깜짝 놀랄 거야."

그녀가 했던 말이 환청처럼 되살아났다.

"자기한테 아주 소중한 사람을 소개해줄 거야, 거기서."

이것이었나. 그녀가 말하던 것이.

그녀만 잃은 것이 아니었다. 그들이 서로 사랑했다는 증표, 뱃속의 태아까지. 미래의 가족을 모두 잃은 것이다.

문순은 끝내 무릎을 꿇으며 오열을 터뜨렸다. 하지만 아무도 그를 위로해주는 사람이 없었다.
"아아, 숙아……."

* * *

그 시각 다른 사람들은 상황실에 모여 CCTV 파일 복원의 진척상황을 지켜보고 있었다. 영은의 모습은 보이지 않고 남자들만 있었다. 아마도 숙의 죽음 때문에 자기 방에서 자책하고 있는 모양이었다. 네 남자는 입술을 깨물며 화면을 주시했다. 이젠 누 구하나 할 것 없이 다들 필사적이었다.
"파일 복원하는 것만도 시간이 꽤 걸리겠는데?"
영식이 말했다.
"최초 폭발 지점만 찾으면 됩니다. 자, 일단 복원된 것부터 확인을 하자. 뭔가 실마리를 잡을 수 있을지도 몰라."
우석이 말했다. 그러고는 복원한 파일들을 메인스크린에 36개의 분할화면으로 띄웠다. 복원한 영상들은 상태가 고르지 않아서 어떤 것들은 여전히 노이즈가 심했고, 또 어떤 것은 알아보는 데 큰 어려움이 없었다.
다들 숨소리도 내지 않고 화면을 주시했다.
대부분 텅 빈 복도나 여느 때랑 다름없는 연구실을 보여주는 지루한 영상들뿐이어서 특별히 눈에 띄는 것은 없었다. 시간대를 보다 앞으로 돌리게 했다. 그러다가 익숙한 장면들이 나타나기 시작했다.

화면에 모두의 배웅을 받고 있는 파일럿 슈트 차림의 영은과 우석이 보였다. 어떤 화면은 영은을 업고 의무실로 달려가는 지완의 모습을 담고 있었다. 몸에 불이 붙었는데도 산소탱크를 메고 문순을 향해 힘겹게 걸음을 옮기는 숙의 모습이 나오는 장면에선 다들 침울한 표정을 지었다. 그때서야 그녀의 죽음을 상기한 듯 영식은 눈시울을 붉혔다.

"우리 행동 그대로잖아. 아, 그래야 되는 거지, 참……."

눈으로 화면을 좇던 영식이 실없이 말했다.

"이 시각 전의 화면들은 확인할 필요 없어. 이미 지나갔으니까. 영은아, 더 앞으로 돌려봐."

우석이 냉담한 목소리로 말했다.

그러자 36개의 분할화면들이 빨리 지나갔다. 36개 중 상황실을 비춘 화면에, CCTV 복원화면을 바라보고 있는 자신들의 모습이 보이자 몇몇 사람은 쓰게 웃었고, 또 어떤 사람은 말로 표현할 수 없는 위화감을 느꼈다.

"좋아, 여기부터 집중해서 보면 돼. 8배속으로 돌릴 테니까 미심쩍은 부분은 각자 알아서 스톱시켜."

우석이 말했다.

화면들은 이전보다 훨씬 빠른 속도로 지나가기 시작했다. 다들 굳은 얼굴로 뭔가 단서를 잡기 위해 화면들을 주시했다.

그러는 가운데, 영은이 조용히 상황실로 들어왔다. 하지만 남자들은 화면에 정신 팔려 그녀가 들어오는 것도 몰랐다. 영은은 복잡한 심경으로 메인스크린에 띄운 영상들을 바라보았다. 그녀는 이미 뭔가를 짐작하고 있는 눈빛이었다.

그때였다.

"자, 잠깐, 스톱!"

조 실장이 외쳤다.

우석이 화면을 정지시켰다.

정지한 화면 안에는 피로 범벅인 복도에 칼로 보이는 물체가 떨어져 있었다. 그리고 누군가가 시신을 질질 끌고 간 듯 바닥에 긴 핏자국이 남아있다. 누구의 시신인지는 화면 상태가 고르지 않아 확인하기 어려웠다.

"저건 뭐지?"

조 실장이 떨리는 목소리로 물었다.

"대체 뭔 일이 있었던 거야? 저거 시신 맞지? 누구지? 누가 죽은 거야. 그리고 저 새끼는 또 누구고······."

영식이 주변 사람들을 의심스러운 눈초리로 힐끔거렸다. 그에게 모든 사람이 가해자로 보였고, 시신의 정체로도 보였다. 다른 사람들도 비슷한 심정인지 얼굴에 불안과 공포가 스쳤다. 조 실장은 거의 울 것 같은 얼굴이었다.

화면을 다시 앞으로 돌렸다.

이번에는 우석이 불탄 슈퍼컴퓨터 앞에서 망연자실한 얼굴로 앉아있는 모습이 잡혔다. 단편적인 화면만으로는 구체적인 정보를 알아내기 힘들었지만 이 연구소의 심장이나 다름없는 슈퍼컴퓨터에 어떤 문제가 생긴 건 분명했다. 화면 속 우석의 표정이 그것을 말해주고 있었다.

'슈퍼컴퓨터에 뭔가 문제가 생긴 걸까. 안 돼! 그것만은 막아야 해. 지난 3년간의 연구를 수포로 만들 수는 없어.'

우석은 입술을 지그시 깨물었다.

또 다른 화면이 나왔다. 문순이 큼직한 지렛대로 조 실장을 후려치는 장면이었다. 흉기에 맞은 조 실장은 그대로 쓰러져 고개가 꺾여버렸다.

그걸 보자 조 실장이 그 자리에 얼어붙었다.

'김 문순, 저 새끼가 나를…….'

그는 분노와 공포에 휩싸여 불끈 쥔 두 주먹을 바르르 떨었다.

몇몇 깨진 화면들이 지나가고, 또 다시 끔찍한 장면이 나타났다. 이번 주인공은 영식이었다. 무너진 콘크리트에 깔려 있는 그의 시신이 화면 속에 나타났다. 그 참혹한 몰골에 영식은 자기도 모르게 신음을 토했다. 살아있는 사람이 자신의 시신을 마주하고 있는 것만큼 기이하고 두려운 경험도 없으리라. 영식은 그대로 주저앉고 싶은 것을 가까스로 참았다. 하지만 상당한 충격을 받은 게 분명했다. 그의 눈동자가 몹시 흔들렸다.

우석은 계속해서 화면을 앞으로 돌렸다.

"저, 저거!"

조 실장이 어떤 화면을 가리켰다.

검은 옷을 입은 누군가가 우석을 향해 번쩍 칼을 치켜들고 있었다. 그와 격투를 벌이던 우석은 금세 사각지대로 사라져서 결과를 알 수 없었다. 검은 옷을 입은 사내가 우석을 쫓아가는 장면에서 영상이 끊겨버렸다. 복원 상태가 아직 완벽하지 않은 것이다. 하지만 거기까지 본 것만으로도 팀원들은 상당한 충격을 받았다. 서로가, 서로를 해치려든다니. 두 눈으로 보고도 믿기 힘들었다. 그리고 불안했다. 이제 폭발만 문제가 아니라 동료로부터 자신을 보호할 방법을 강구해야 하는 것이다. 여기 모인 모두가 가해자이고, 피해자였다.

"이제 그만하자!"

지완이 말했다.

"폭발 원인을 찾아야 돼. 그럴 수 없어."

우석이 지완의 말을 묵살했다. 그때 잠자코 있던 영은이 소리를 질렀다.

"제발, 이제 그만해요!"

비로소 네 남자는 영은이 뒤에서 지켜보고 있다는 것을 알았다.

"파일을 열어서는 안 되는 이유가 이거였어요! 지금이라도 그만둬요."

영은이 애원하듯 말했다.

우석이 인상을 구기며 대꾸하려는데, 갑자기 뭘 봤는지 영식이 괴상한 신음을 냈다.

"어, 어, 어……."

다들 무의식중에 영식이 가리키는 화면으로 시선을 돌렸다. 그리고 영식과 마찬가지로 충격을 받고 신음을 삼켰다.

"저건……."

"정 박사?"

"아니, 어떻게……."

화면 속에는 참담한 주검으로 변한 우석이 있었다. 온몸에 피를 흘린 채, 공교롭게도 CCTV를 향해 목이 확 꺾여서 차마 눈 뜨기 보기 힘들 지경이었다. 하지만 너무 충격적이었는지 어느 누구도 미처 화면을 돌릴 생각도 못하고 있었다.

우석의 죽음을 담은 그 화면이 공교롭게도 그때까지 복원한 파일의 마지막 영상이었다.

평상심을 유지하려고 애쓰던 우석도 자신의 죽음 앞에서는 몹시 동요하고 있었다. 우석은 말문을 닫혀서 그저 우두커니 화면만 바라보고 있었다.

무거운 침묵이 사람들을 짓누르고 있었다. 그들의 영혼까지도.

그렇게 정적이 흐르는 가운데, 벽에 걸린 시계는 어느덧 오전 6시를 훌쩍 넘겼음을 알려주고 있었다.

시간은 그들을 기다려주지 않고 야속하게 계속 흘러갔다.

"영은아, 부탁한다. 나머지 것들도 복원해다오. 이젠 그것밖에 없다."

우석은 완곡하게 말하고는 자기 연구실로 향했다.

"팀장님……."

영은이 불렀지만, 우석은 힘없이 손을 흔들어보이고는 벽을 밀고 연구실로 들어가 버렸다. 영은이 쫓아가려고 하자, 지완이 그녀의 어깨를 붙들며 제지했다.

"내가 가볼게. 넌, 여기서 형이 부탁한 걸 마무리해 줘. 100퍼센트 동의하는 건 아니지만 지금 이 난국을 타개할 실마리는 그것뿐인 거 같아."

그리고는 지완은 우석의 연구실로 들어갔다.

영은은 죽은 우석의 모습이 담긴 화면에 고개를 돌리더니 결심이 선 듯 이를 악물고 컴퓨터 앞에 앉았다.

* * *

 영은이 상황실에 남아서 나머지 파일들을 복원하는 동안, 우석은 잠시 자기 방으로 돌아와 멍한 얼굴로 책상 앞에 앉아있었다. 조금 전에 봤던 장면이 자꾸만 머릿속에 떠올라 괴로운 모양이었다. 아무리 떨쳐내려고 해도 맘처럼 쉽지 않았다. 답답해졌는지 담배를 꺼내 물고 라이터를 찾았다. 그러다가 라이터를 지완에게 뺏긴 사실을 떠올리고 쓰게 웃었다. 그때 누군가가 다가와 우석의 어깨에 손을 올렸다.
 "이거 찾아?"
 지완이었다.
 우석은 담배를 입에 물고 지완을 쳐다보았다. 지완이 멋쩍게 웃더니 담배에 불을 붙여주고는 라이터를 돌려주었다. 그러고 나서 조용히 우석의 옆에 앉았다.
 두 사람은 지난 몇 시간 동안 온탕과 냉탕을 수시로 오갔다. 결코 짧지 않은 두 사람의 관계 속에서 이런 날은 흔치 않았다. 아니, 이번이 처음이었다. 그만큼 오늘은 이상한 날이었고, 두 사람도 그 사실을 잘 알고 있었다. 그래서 조금 전까지 몇 번이고 감정을 상해가며 싸웠음에도 이렇게 같은 공간에 머물 수 있었다.

"전부터 묻고 싶었던 말인데 시간여행 성공하면, 형은 언제로 돌아가고 싶어? 지윤이 누나 죽기 전으로?"

지완이 조용히 물었다.

"과거로는 못 돌아간다며? 호킹의 신봉자가 그런 질문을 하냐?"

우석이 담배를 깊게 빨며 조소 섞인 미소를 지으며 되물었다. 스티븐 호킹은 코시 지평선이라는 블랙홀 내부의 특수한 시간 축 때문에, 타임머신을 타고 미래로 가는 건 가능하지만 과거로의 여행은 절대로 불가능하다고 주장했었다.

"뭐, 호킹의 생각이 틀렸을 수도 있잖아. 코시 지평선도 이론일 뿐이고."

지완이 어깨를 으쓱거렸다.

"글쎄다. 아마도 초등학교 4학년 때로? 나 그때 야구부 들어가고 싶었는데, 아버지가 말려서 못했거든."

우석은 쓰게 웃고는 담배 연기를 뱉었다.

"공부를 너무 잘해서? 아님 운동신경이 워낙 젬병이라 가망성이 전혀 없어 보여서?"

지완이 고개를 갸웃하며 되물었다.

우석은 그저 피식 웃었다.

"그러는 넌 언제로 돌아가고 싶냐?"

"예전에, 나 의대 그만둘까 말까 고민할 때 카이스트로 형

찾아간 적 있지. 그날로 돌아가고 싶어."

지완은 고해하는 사람처럼 담담한 목소리로 말했다.

"난 너 계속 의대 다니라고 말해줬을 텐데?"

우석이 의아하다는 듯이 되물었다.

"그날, 형 연구실 어딘지 물으려고 조교실로 갔다가 어떤 여학생을 봤어."

"영은이?"

지완이 고개를 끄덕였다.

"다시 그때로 돌아가서 조교실에 안 들르면, 영은이랑 만날 일 없었을 거 아냐."

"왜, 영은이 만나서 불행했어?"

우석은 여전히 이해할 수 없다는 듯 지완을 쳐다보며 물었다. 지완은 천천히 고개를 가로저었다.

"아니, 너무 행복해서. 이 행복이 언제 깨질까 늘 두려웠어. 그래서 싫어."

"그때 아니었어도, 니들 어떻게든 다른 곳에서 만났을 거야. 인연이라면……."

우석은 그렇게 말하며 허공에 대고 담배 연기를 훅 하고 내뿜었다.

"참나, 명색이 물리학자라는 사람이 인연이나 들먹이고. 아주 잘하고 계십니다. 이런 사람이 세계적인 물리학자라니.

혹시 학위, 고스톱으로 딴 거 아니지?"

"야야, 나 불교잖아."

우석이 피식 웃자, 지완도 따라 웃었다.

화젯거리가 떨어졌는지 잠시 어색한 침묵이 흘렀다.

"아직 폭발 원인을 못 찾았어."

우석이 말했다.

"영은이가 찾고 있어. 그나마 지금 제일 제정신인 사람이 영은이야."

지완이 쓰게 웃으며 말했다.

"그러게."

"강한 아이잖아, 영은이."

"그렇지."

우석이 동의한다는 듯이 고개를 끄덕거렸다.

그때 인기척을 느끼고 두 사람은 고개를 돌렸다. 영은이 뭔가를 찾아냈는지 잔뜩 상기된 얼굴로 문에 서 있었다. 덩달아 우석과 지완도 긴장했다.

"폭발이 왜 하필 오전 11시 정각에 났을지 생각해봤어요?"

느닷없는 질문에 우석과 지완을 서로를 쳐다보았다. 영은이 무엇을 말하려는지 아직 눈치 채지 못하고 있었다.

"다들 제 정신이 아니라 가장 단순한 추리도 못하고 있었어요."

그때서야 뭔가 깨달았는지 지완이 놀란 얼굴로 영은을 쳐다보았다. 영은이 고개를 끄덕였다.

"트로츠키가 오는구나! 오전 11시잖아. 어제 출발한 트로츠키가, 좀 이따가 11시 정각에 도착하잖아."

"……!"

우석이 입에 물고 있던 담배를 떨어뜨렸다. 그토록 중요한 사실을 이제야 알아차리다니. 자신의 어리석음을 탓하듯이 손바닥으로 무릎을 쳤다.

"정상적일 때는 내진 기능이 작동하겠지만, 아까의 폭발로 압력벽에 균열이 상태라 이대로 트로츠키가 도착하면 블랙홀의 중력을 견디지 못해서 어딘가에 과부하가 걸리겠지. 그렇다면 아마도 동력실 쪽……."

설명을 하던 지완이 영은을 쳐다보았다.

영은이 휴대용 IT패널로 복원한 CCTV 영상 중에서 동력실의 폭발 장면을 찾아 두 사람에게 보여주었다.

"재앙은 피할 수 없지만 피해는 줄일 수 있어!"

우석이 벌떡 일어섰다.

"서둘러야 해!"

세 사람은 황급히 상황실로 돌아왔다.

상황실에는 영식이 홀로 지키고 있었다. 조 실장은 어디로 사라졌는지 보이지 않았지만 대수롭지 않게 여겼다. 어차피 그는 있어봐야 도움이 되지 않는 사람이다. 우석은 영식을 보며 조금 전에 알아낸 사실을 설명해주었다.

"오전 11시 정각, 화재로 엉망이 된 연구소에 '트로츠키'가 도착합니다. 압력벽에 균열이 생긴 연구소는 블랙홀의 중력을 견디지 못하고 어딘가에 과부하가 걸리고. 그게 바로 재앙의 원인인 겁니다."

"트로츠키가 도착해? 트로츠키는 지금 정비실에 있는데······."

여전히 파악이 안 되는지 영식이 영문을 모르겠다는 얼굴로 되물었다.

"그러니까 지금의 우리에게, 어제 출발한 트로츠키가 온다고요. 바로 여기, 오전 11시 정각에."

"아!"

그때서야 영식이 수긍하며 고개를 끄덕였다.

"그럼 폭발은 막을 수 없는 건가."

지완이 물었다. 우석이 고개를 가로저었다.

"어제 출발한 '트로츠키'가 성공 못하면 되는데, 성공했잖아요. 이미 다들 봤다시피."

영식이 부연해주었다.

"재앙은 막을 수 없지만. 피해는 줄일 수 있어."

그러면서 영은을 쳐다보았다. 그 순간에도 열심히 복원된 파일들을 확인하고 있던 영은은 상기된 목소리로 말했다.

"그리고 한 가지 더. 최초 폭발지점 찾아냈어요."

영은이 메인스크린에 화면을 띄었다. 모두 폭발하는 장면으로, 트로츠키가 도착하는 시점의 화면들이었다.

"자, 여기. 트로츠키가 도착하면 코어에너지 추출기가 1차로 폭발하게 돼. 이건 우리 힘으로 막을 수 없어."

우석이 화면 하나를 가리키며 말했다. 그러더니 원형테이블로 몸을 돌려 연구소를 본뜬 홀로그램을 띄우고 설명을 이었다.

"그 다음은 섹터B, C로 폭발이 이어지는데, 섹터B는 포기하고, 섹터C를 살리자. 여길 차단하면 연구동과 슈퍼컴퓨터는 지킬 수 있어."

그러고는 영식을 쳐다보았다.

"지금부터 차단 작업을 해야 합니다. 시간이 촉박합니다. 서두르지 않으면……."

"차단? 그 넓은 데를 어떻게 막아? 산소용접이라도 할 거야?"

영식이 부정적으로 말했다.

"그렇다고 가만히 있습니까? 박 선생님이 맡아서 해주세요. 여기선 가장 전문가잖아요. 저도 도울게요."

"정 팀장님. 성격이 참……."

영식은 우석을 빤히 쳐다보며 뭔가 말하려다가 고개를 가로저었다. 그러고는 정색하며 말을 이었다.

"미안합니다. 난 이제 내 갈길 가겠습니다."

"박 선생님!"

영은이 소리쳤다.

영식은 듣는 체도 안하고 등을 돌리더니 성큼성큼 상황실을 나가버렸다. 허탈해진 우석이 지완과 영은을 쳐다보았다.

"이젠 어쩔 거야?"

지완이 물었다.

"어쩌긴, 할 수 있는 일을 해야지."

"지금이라도 늦지 않았어. 아직 시간이 남았을 때, 여길 빠져나갈 방법을 찾자고."

"여기를 버리자고? 그동안 연구한 결과물도, 트로츠키도 버리고?"

"일단 살고 봐야 하잖아!"

"갈 거면 너나 가."

두 사람은 다시 설전을 벌였다.

"고집불통."

"그럼 넌 빠져. 나 혼자서라도 할 테니까."

우석이 차갑게 말하더니 씩씩거리며 상황실을 나갔다. 옆에서 두 사람의 싸움을 말없이 지켜보던 영은이 지완을 흘끔 쳐다보고는 우석을 쫓아갔다.

"팀장님! 이건 폭발을 막아서 해결될 일이 아니에요. 11시가 가까워질수록 모두 미쳐갈 거예요."

우석을 따라잡은 영은이 애원하듯이 말했다. 우석은 영은에게 눈길조차 주지 않고 성큼성큼 걸음을 재촉했다.

"하는 데까지 해봐야지. 10시59분에 포기해도 돼!"

"제발 욕심 버려요!"

"……."

우석은 계속 무시하는 태도로 일관했다.

"팀장님, 팀장님은 다른 사람들 신경 안 쓰죠? 그래서, 팀장님 주변 사람들은 늘 외로운 거예요."

영은이 답답하다는 듯이 말했다. 그러자 우석이 걸음을 멈추더니 그녀를 돌아보았다. 그녀의 말에 상처라도 받았는지 표정이 무척 사나웠다.

"네가 날 그렇게 잘 알아? 건방떨지 마."

"아빠라면, 이렇지 않았을 거예요."

"하아, 서 박사님? 네 아빠는 더 하면 더 했을걸?"

우석이 코웃음을 치며 말했다.

"아니에요. 아빠는 팀장님처럼 이기적이지도 않고 주변 사람들에게 민폐 끼치지 않았어요."

"맞아. 주위사람들 내팽개칠 위인이 못되지. 주변에서 먼저 떠나니까. 너희 아빠, 무능하고 책임감 없는 사람이었어."

영은은 서운하다는 눈빛으로 우석을 쳐다보았다. 우석도 자신의 말이 심하다고 느꼈는지 시선을 외면했다. 그러고는 다시 등을 돌려 걸음을 옮겼다. 영은은 멀어져가는 우석의 등에 대고 소리를 쳤다.

"오빠, 정말 불쌍해!"

우석은 순간 움찔하더니 묵묵히 걸음을 옮겼다.

* * *

상황실에서 사라진 조 실장은 자기만 살자고 세이프 룸에 숨어있었다. 그러다가 조금 전에 영식이 찾아온 것을 보고 속으로 너도 똑같구나, 하고 여겼다. 물론 내색은 하지 않았다. 이런 분위기에 괜히 감정을 상하게 했다가 무슨 봉변을 당할지 모를 일이었다. 더구나 상황실에서 본 영상들이 아직도 머릿속에서 맴돌았다. 누가 언제 해코지를 할지 모를 일이었다. 일부러 문제를 일으킬 이유가 없는 것이다. 하지만 여전히 불안이 가시지 않아서 뒷짐을 지고 서성거리다가 영식의 눈총을 받고 다시 자리에 앉았다.

"여긴 안전하겠지?"

조 실장이 벽을 어루만지며 지나는 투로 물었다.

"튼튼합니다. 이 방 이름이 '세이프' 룸이잖수. 괜히 그런 이름을 붙인 게 아닙니다."

영식이 퉁명스럽게 말했다.

잠시 어색한 침묵이 흘렀다. 평소 가깝게 지낸 적이 없는 두 사람이라 한 공간에 있는 것만으로도 서로 불편해하고 있었다. 침묵이 길어지자 답답해졌는지 영식이 먼저 입을 열었다.

"전부터 궁금했는데 실장님은 국적이 어딥니까? 러시아?"
"볼리비아."
"아, 볼리비아."

영식은 새로운 사실을 알았다며 고개를 끄덕였다.

"거긴 국적 취득이 쉬운가?"

조 실장은 한심한 눈빛으로 영식을 바라볼 뿐 아무 대꾸도 하지 않았다. 이 판국에 그런 게 뭐가 중요하냐는 표정이었다.

또다시 어색한 침묵이 흘렀다.

하지만 이번에도 영식이 먼저 말문을 열었다.

"가족관계는?"

*　　*　　*

섹터C를 찾은 우석은 차단해야 할 벽의 규모를 보고 절망감에 휩싸였다. 영식이 포기하고 달아난 게 무리도 아니었다. 이건 몇 명이 매달려도 남은 시간 안에 해결하기 힘들어 보였다. 하지만 그렇다고 포기할 수는 없었다.

우석은 용접기를 켜고 홀로 작업에 들어갔다. 아무도 도와주지 않는다고 해도 어떻게든 최악의 사태를 막을 생각이었다. 그렇게 하지 않으면 지난 3년간의 노력이 모두 수포로 돌아가기 때문이다. 이곳은 우석의 전부였고, 생명줄이나 다름없었다.

'어떻게든 막겠어! 어떻게든!'

* * *

"아하, 제천이 고향이시구나. 거기 청풍호 정말 좋던데. 한국 들어오시면 간만에 단양팔경 한번 같이 가시죠!"

영식이 호들갑을 떨었다.

"그럼 위조여권 하나 만들어주게."

그러더니 뭐가 우스운지 킬킬거렸고, 영식도 따라서 웃었다. 그것도 잠시 두 사람은 다시 굳은 표정으로 서로 쳐다보았다. 실없는 농담으로 이 분위기를 바꾸기엔 그만큼 절박했다. 아무리 애를 써도 정해진 미래를 바꾸는 건 불가능한 일이다. 두 사람도 그걸 너무나 잘 알고 있었고, 그래서 불안했다.

"미래는 바꿀 수 있는 걸까?"

조 실장이 혼잣말을 하듯 물었다.

"그럼요. 제가 봤던 미래랑 벌써 다르잖아요."

영식의 말이 무슨 의미인지 몰라, 조 실장은 생뚱맞은 얼굴로 그를 쳐다보았다. 그러자 영식이 넉살 좋게 웃으며 말했다.

"조실장님이랑 나랑 이렇게 친해져버렸잖아요."

그 소리였냐는 듯 조 실장은 실소하며 고개를 흔들었다.

"참, 본사 구조팀은 언제 도착합니까?"

영식이 물었다.

"글쎄, 폭풍 때문에 출발이 늦어졌다는데……."

다시 암울해진 분위기. 두 사람의 대화는 거기서 끊겼다.

또 침묵이 찾아왔다.

"아무래도 안 되겠어."

조 실장이 자리에서 일어났다.

"어디 가십니까?"

영식이 물었다.

"이거 답답해서 안 되겠어. 아직 시간도 남았고 바깥 상황이 어떻게 돌아가는 보고 오려고."

"에이 그러지 말고 그냥 여기 계시지."

조 실장은 들은 척도 안하고 세이프 룸을 나섰다. 그러고는 곧장 상황실로 향했다. 답답하단 것은 핑계에 불과했다. 그의 목적은 따로 있었다.

상황실로 돌아온 조 실장은 아무도 없는 걸 확인하고 차라리 잘됐다 싶었다. 주변을 조심스레 살핀 뒤, 아까 봤던 동영상을 다시 재생시켰다. 자신이 문순에게 피습당하는 그 문제의 장면이었다.

조 실장은 화면 상단의 녹화시간을 확인했다.

오전 9시 41분 21초.

본능적으로 손목시계를 확인한 조 실장은 초조한지 입술을 깨물었다. 저게 예정된 미래라면 시간이 얼마 남지 않았다.

문득 상황실에 홀로 있다는 사실이 그를 두렵게 만들었다. 누군가와 같이 있어도, 또 혼자 있어도 두려움은 매한가지였다.

조 실장은 도망치듯 상황실을 빠져나갔다.

다시 세이프 룸으로 돌아갈 생각이었다.

불안한 가슴을 끌어안고 부지런히 걸음을 옮기는데 저쪽에서 발소리가 들렸다. 누군가가 이쪽으로 오고 있었다.

덜컥 겁이 난 조 실장은 그 자리에 우뚝 멈춰 섰다. 혹시 문순이 아닐까 하는 불길한 예감이 들었다.

'빌어먹을.

조 실장은 자기도 모르게 나직이 욕설을 내뱉었다.

눈앞에 나타난 것은, 정말로 문순이었다.

문순도 뜻밖이라고 생각했는지 조 실장을 보자 그 자리에 멈췄다. 그때 손에 쥐고 있던 서류 한 장이 바닥에 떨어졌다.

자연스레 조 실장의 눈길이 서류로 향했다. 영어와 러시아어로 병기한 '코어에너지 부속실 구조 변경초안'이었다.

'왜 이 서류를?'

조 실장이 당황해서 다시 문순을 쳐다보았다. 그때서야 조 실장은 문순의 손에 지렛대를 쥐고 있는 걸 보았다. 방금 전에도 확인한 문제의 화면에서 문순이 자신에게 휘둘렀던 것과 똑같은 흉기였다. 다리가 부들부들 떨렸다.

"당신은 알고 있었지? 몇 달 전에 코어에너지실 뒷면 엘리베이터 없애고 개폐형 간이벽 설치한 거."

문순이 눈을 희번덕거리며 추궁했다. 조 실장은 대꾸를 하지 못했다. 온신경이 문순이 쥐고 있는 지렛대로 향했다.

"그럼 왜 간이벽을 열지 않았을까? '개폐'형인데. 그 문을 열면 간단하게 숙일 구할 수 있었을 텐데……."

"저기, 문순 씨…… 잠깐만. 지금 뭔가 오해를 하고 있어. 난 사인만 했지. 무슨 내용인지도 몰랐어. 러시아 메카닉들이 알아서 다 한 거지."

조 실장이 슬금슬금 뒤로 물러섰다.

"아하! 이제 알겠다. 불이 연구동으로 옮겨갈까봐 그랬나 보다. 그럼 슈퍼컴퓨터까지 위험하니까."

문순이 이제 알겠다는 듯 고개를 끄덕이더니 눈을 부릅뜨고 조 실장을 노려보았다. 지렛대를 바닥에 질질 끌면서 한 걸음씩, 한 걸음씩 천천히 다가갔다.

"그게 아니야 김 문순 씨! 그건 그러니까……."

순간, 문순이 고함을 지르며 지렛대를 휘둘렀다.

깜짝 놀란 조 실장은 반사적으로 몸을 납작 엎드렸다. 지렛대는 그의 머리 위를 훑고 지나가 벽을 세게 때렸다. 꽝, 하는 소리에 조 실장은 자기가 맞기라도 한 것처럼 몸을 움찔했다.

"미안, 정말 미안해. 궁숙 씨가 그렇게 된 건 나도 정말 유감이야. 하지만……."

조 실장은 벌벌 떨며 용서를 구했다. 자신이 왜 사과해야 하는지 스스로 납득할 수 없었지만 그저 살기 위해서 자기보다 훨씬 어린 상대에게 머리까지 조아리며 두 손을 싹싹 빌었다.

"궁숙이가 아니라 숙이라니까! 성이 남궁, 이름이 숙! 이 씨발놈아!"

문순이 이성을 잃고 고함을 고래고래 지르며 지렛대를 휘둘렀다. 조 실장은 황급히 몸을 옆으로 굴렸다. 지렛대가 그가 머물던 바닥을 힘껏 때리면서 불꽃이 튀었다.

문순은 성에 차지 않는지 다시 지렛대를 들고 조 실장에게 성큼성큼 다가갔다.

"잠깐만! 그건 정 팀장도 알고 있었어!"

조 실장이 필사적으로 외쳤다. 지렛대를 휘두르던 문순이 멈칫하더니 믿기 힘들다는 눈빛으로 그를 쳐다보았다.

"정말이야, 난 당연히 정 우석이 간이벽을 열 줄 알았다고. 그런데 왜 그랬는지 정 팀장은 그러지 않았어. 난 정말······."

조 실장은 슬금슬금 눈치를 살피며 바지뒷주머니에 꽂아두었던 드라이버로 손을 뻗었다. 기회를 봐서 기습을 할 생각이었다.

"으아아아! 거짓말이야!"

문순은 목이 터져라 소리를 지르며 지렛대를 내리쳤다. 미처 피할 틈이 없었다.

아, 이렇게 죽는구나! 조 실장은 눈을 질끈 감으며 머리를 감싼 채 몸을 숙였다.

"······."

그런데 아무 일도 일어나지 않았다.

조 실장은 슬그머니 실눈을 떴다.

지렛대는 바로 머리 위에서 멈춰 있었다. 그 상태로, 문순이 그를 내려다보고 있었다. 눈물이 그렁그렁한 눈으로 한참을 보더니 길게 한숨을 내쉬며 지렛대를 바닥에 내려놓았다. 문순은 웃는지 우는지 알 수 없는 표정을 지으며 고개를 흔들었다.

"그래, 너 같은 거 죽여 봐야 숙이가 살아 돌아오는 것도 아니고……."

문순이 힘없이 돌아서서 터벅터벅 걸어갔다.

목숨을 건진 조 실장은 털썩 주저앉았다. 사타구니가 축축했다. 오줌을 지린 것이다. 쪽팔리고 분했다.

'저런 젊은 놈에게 이런 수모를 당하다니.'

조 실장은 방금 전까지 목숨을 구걸했던 것도 잊은 채, 이글이글거리는 눈으로 문순의 등을 노려보았다. 한번 고개를 내밀기 시작한 분노는 쉽게 가라앉지 않았다. 조 실장은 이빨을 빠드득 갈았다. 그러다가 문득 문순이 버리고 간 지렛대가 눈에 들어왔다.

조 실장은 문순과 지렛대를 번갈아보았다. 그리고 소리 없이 일어나 지렛대를 주웠다. 지렛대를 단단히 쥐고 살금살금, 도둑고양이처럼 문순의 뒤를 밟았다.

* * *

"아악!"

 용접기에 익숙하지 않은 우석은 실수로 손을 지지고 말았다. 다행히 큰 상처는 아니었지만 통증이 심했다. 우석은 다친 손을 감싸 쥐고 이를 악물었다. 아직 손을 볼 곳이 많았다. 다시 용접기를 쥐려고 하는데, 갑자기 연구소 전체에 비상벨이 울리기 시작했다. 깜짝 놀란 우석은 휴대용 IT패널을 꺼내, 액정에 뜬 메시지를 확인했다.

 '슈퍼컴퓨터 파손 위험 요소 발생. 내부 침입자 있음. 긴급 조치 요망.'

 우석은 급히 자리를 박차고 슈퍼컴퓨터 룸으로 정신없이 뛰었다.

 숨이 턱밑까지 차올랐지만 멈출 수가 없었다. 슈퍼컴퓨터에 문제가 생기면 지금껏 고생한 보람이 없었다. 동료들의 비난과 저항을 감수하고 여기까지 끌고 온 것도 따지고 보면 슈퍼컴퓨터를 살리기 위함이었다.

 슈퍼컴퓨터 룸이 가까워지자 고함소리와 함께 뭔가 부서지는 소리가 들렸다. 귀를 기울여보니 문순의 목소리였다.

 '김 문순?'

 우석은 이를 악물고 안으로 뛰어들었다.

 아니나 다를까. 문순이 손에 잡히는 것은 죄다 때려 부수고 있었다. 연결 케이블들이 뽑혀나가 뱀처럼 꿈틀거리고 있었다.

"이게, 이 깡통이 숙이 목숨보다 중요한 거였구나! 씨발! 이 컴퓨터가 뭐라고, 이 따위 게 뭐라고!"

문순이 기름통을 들고 본체에 휘발유를 끼얹었다. 몽땅 불태울 모양이었다.

"사람이 먼저다! 인간이 왜 인간인데? 짐승만도 못한 놈들."

문순이 주섬주섬 라이터를 꺼내 종이 쪼가리에 불을 붙였다. 그러고는 그걸 기름을 끼얹은 본체에 던지려고 했다.

"김 문순!"

우석이 몸을 날려서 문순을 끌어안고 함께 바닥을 굴렀다. 그 바람에 문순이 불붙은 종이를 떨어뜨리고 말았다.

"3년을 바친 거다!"

"놔!"

"자그마치 3년이라고!"

우석이 소리를 지르며 문순을 후려쳤다.

"이거 놓으라고!"

문순이 거칠게 저항했다.

두 사람은 엎치락뒤치락하며 몸싸움을 벌였다. 고함을 지르고, 주먹을 휘두르고, 서로 밀치는 사이에 바닥으로 떨어졌던 불붙은 종이가 조금씩, 조금씩 기름을 끼얹은 본체로 움직였다. 그러다가 두 사람이 서로 부둥켜안으며 바닥에 쓰러지자 그 여파로 불붙은 종이가 허공에 붕 떠올랐다가 바람을 타고 그만 본체 위로 떨어지고 말았다.

순간, 화르륵 하며 본체에 불길이 솟아올랐다.

"안 돼!"

우석이 문순을 떠밀고 황급히 소화기를 가져왔다. 하지만 한번 불붙기 시작한 불길을 끄기엔 역부족이었다.

옆에선 문순이 도와줄 생각도 하지 않고 불길에 휩싸인 슈퍼컴퓨터를 바라보며 실성한 사람처럼 피식피식 웃었다.

"뭘 그리 애써요. 난방도 안 되는데 따뜻해지고 좋네. 그냥 놔두세요. 더 잃을 게 없으면 맘이 아주 평안해져요."

"입 닥쳐, 새끼야!"

"헤헤헤헤. 잘 탄다."

문순이 느릿하게 일어나더니 이제 용무가 끝났다는 듯 휘청거리며 밖으로 걸어 나갔다. 그 사이에도 우석은 포기하지 않고 계속 소화기로 불을 껐다. 하지만 얼마 못 가서 소화기의 소화제를 모두 소모하고 말았다. 불길은 여전히 잡히지 않았다. 우석은 망연자실해져서 그대로 주저앉고 말았다. 그러다가 문득 깨달았다. 이 상황은 복원시킨 CCTV 동영상에서 이미 봤던 장면이었다.

'결국 이렇게 되는 건가. 역시 미래는 바꾸지 못하는 걸까.'
우석은 입술을 깨물었다.
그때 지완이 소화기를 들고 나타났다.

* * *

슈퍼컴퓨터를 불살라버린 문순은 이제 목적을 잃었는지 넋이 나간 얼굴로 정처 없이 여기저기를 서성였다.

지금부터는 무엇을 해야 할지, 어디로 가야 할지, 아무 생각도 들지 않았다. 마치 영혼이 없는 좀비처럼 그저 발길이 닿는 대로 계속 걸음을 옮겼다. 그러다가 문득 손에 쥔 초음파 사진을 쳐다보았다. 뭔가 할 일이 떠올랐다.

'그래, 아직 할 일이 남았구나.'

문순은 발길을 돌려 비품창고로 향했다. 사진을 보관해둘 만한 뭔가를 찾기 위해서였다. 비로소 할 일이 생겨서 기쁜지 그의 입가에 희미한 미소가 떠올랐다.

그런 문순의 뒤를 누군가가 따라오고 있었다.

아주 조심스럽게.

* * *

영은이 펜라이트를 들고 비품창고로 향했다. 거의 다 다다랐을 때쯤, 영은은 본능적으로 어떤 위화감을 느끼고 걸음을 멈추었다. 그러고는 불빛을 비추었다.

문틈으로 뭔가 흘러나오고 있었다.

그것은 피였다!

영은은 흠칫 놀라더니 다시 마음을 추스르고 나서 조심스럽게 다가가 문을 살짝만 열고 안을 들여다보았다.

누군가가 지렛대를 들고 서 있었다.

조 실장이었다.

그의 발아래에 문순이 쓰러져 있었는데, 조 실장은 야비한 웃음을 흘리며 발끝으로 문순의 옆머리를 톡톡 건드리고 있었다. 제법 세게 차는데도 문순은 시체처럼 미동도 하지 않았다. 그걸 보고 하얗게 질린 영은은 뒷걸음질을 쳤다.

"흐으으……"

그때서야 인기척을 느꼈는지 조 실장이 스윽 하고 고개를 돌렸다. 초점 없는 공허한 눈빛이 영은을 두렵게 만들었다.

"간만에 운동을 했더니 되게 피곤하네."

조 실장은 지렛대를 바닥에 버리고는 비척거리며 비품실에서 나왔다. 그러더니 영은을 흘끔 보고는 아무렇지도 않게 담배를 꺼내 입에 물었다.

"어디서부터 잘못된 걸까? 정 우석, 그 미친 새끼가 애초에 타임머신 만들 생각을 안 했으면 되려나?"

조 실장은 담배 연기를 내뿜으며 그렇게 중얼거렸다. 딱히 영은을 의식해서 하는 말 같진 않았다. 마치 자기 자신에게 하는 넋두리 같았다.

"……."

영은은 아무 말도 하지 못하고 그저 그를 바라만 보았다.

갑자기 조 실장이 고개를 들더니 퀭한 눈빛으로 영은을 쳐다보았다. 영은은 자기도 모르게 한 걸음 물러섰다.

"근데, 정 우석 마누라 말이야. 암으로 죽은 거 맞나? 내가 알아봤는데 좀 이상하더라고. 암을 앓은 건 맞는데, 갑상선 암이던데. 그것도 초기. 내가 전문가는 아니지만 그거 방사선 치료만 하면 낫는 거 아냐? 예전에 우리 이모님도 갑상선 암이었는데 병원에서 대수롭지 않게 얘기했었거든. 무슨 감기라도 걸린 것처럼."

영은은 충격적인 사실에 입을 다물었다.

"그러니까, 이거지. 정 우석 그 새끼가 구라 쳐가지고 우리 회장 돈 뜯어낸 거였어. 그것 때문에 우리 이 고생하는 거고. 씨발, 재주도 좋아. 말도 안 되는 소설 같은 구라로 수척 억이나 뜯어내고……."

조 실장은 이죽거리며 담배를 비벼 껐다.

조 실장을 바라보던 영은의 얼굴이 갑자기 굳어졌다. 조 실장은 그녀가 충격을 받아 그런 거라고 생각했다. 하지만 그게 아니었다.

영은의 시선은 조 실장이 아니라 그의 어깨너머를 향하고 있었다.

"……?"

의아하게 여긴 조 실장은 그때서야 천천히 뒤를 돌아보았다.

죽은 줄로만 알았던 문순이 멍한 얼굴로 그를 바라보고 있었다. 손에는 그 지렛대를 쥐고 있었다. 아차, 싶어 도망치려는데 문순이 기회를 주지 않고 지렛대로 내리찍었다. 둔탁한 소리와 함께 지렛대의 끝이 정수리에 박혔다.

"흐억!"

조 실장은 신음을 토하며 무릎을 꿇었다.

문순은 무덤덤하게 그의 정수리에서 떼어낸 지렛대를 연거푸 휘둘렀다. 머리가 수박처럼 으깨질 때까지 몇 번이고 계속 내리쳤다.

피가 사방으로 튀었다.

조 실장은 사지를 바르르 떨더니 그대로 즉사하고 말았다.

"흐흐흐."

문순은 조 실장의 시신을 내려다보며 히죽 웃더니 지렛대를 떨어뜨리고는 풀썩 고꾸라지고 말았다.

그리고 문순도 숨을 거두었다.

갑작스럽게 연이은 두 사람의 죽음을 목격한 영은은 너무나 큰 충격을 받고 비명조차 지를 수 없었다.

그때 뒤에서 뭔가 낌새를 차리고 달려오던 영식이 조 실장을 발견하고 그대로 얼어붙어버렸다. 그러더니 퍼뜩 정신을 차리고 주춤주춤 뒷걸음을 치다가 등을 돌려 어둠속으로 달아나버렸다. 영은이 뒤늦게 고개를 돌렸지만 이미 저편으로 사라진 후였다.

영은은 얼이 빠진 얼굴로 휘청거리며 걸음을 옮겼다. 그러다가 문득 복도에 설치한 CCTV카메라를 보더니 바닥을 구르는 파편 조각들을 집어 렌즈를 맞추려고 했다. 처음에 던진 것은 보기 좋게 빗나가고 말았다. 영은은 포기하지 않고 계속해서 던졌다. 던질 게 사라지자 강박적으로 주변을 뒤져 다시 물건들을 가져와 카메라를 향해 던졌다.

마침내 렌즈를 깨뜨리는데 성공한 영은은 기운을 잃고 털썩 주저앉았다.

"영은아!"

지완이 달려와서 영은을 부축했다. 불을 끄고 돌아오니 영은이 보이지 않아 걱정이 돼 찾아 나섰던 것이다.

"다들 미쳐가고 있어."

지완의 품에 안긴 영은이 힘겹게 말했다.

"적어도 우린 아니야."

09.
불편한 진실

믿음은 선의의 거짓이 아닌 사실에 근거해야 한다.
사실에 근거하지 않는 믿음은 저주받아 마땅한 헛된 희망이다.

(토마스 A. 에디슨)

영은은 방으로 돌아오자마자 노트북을 켜고 어떤 사진들을 지완에게 보여주었다.

"새로 복원된 파일 중 따로 빼놓은 거야."

복원한 CCTV 동영상을 캡처한 사진이었다. 사진 속에는 검은 옷을 입은 사내가 우석에게 칼을 꽂으려고 하고 있었다.

"다음 사진을 봐."

영은이 사진들을 넘겼다.

다섯 장의 사진이 차례로 바뀌었다. 그리고 마지막 사진에서 검은 옷을 사내의 얼굴이 또렷하게 보였다.

"말도 안 돼."

사진을 본 지완이 믿기 힘들다는 표정을 지으며 뒤로 물러섰다. 그러고는 영은을 쳐다보았다. 영은은 고개를 끄덕였다.

"이제 알겠어?"

검은 옷을 입은 사내는 바로 지완이었다. 우석을 찌르려고 칼을 치켜든 그 얼굴은 흡사 악마처럼 느껴졌다. 사진으로만 봐도 우석을 향한 살의와 악의가 생생하게 전해졌다. 지완은 사진과 영은을 번갈아보았다.

"이제 알겠어? 불길을 차단해서 될 일이 아니야. 문제는, 사람이야."

혼란에 빠진 지완은 다리가 풀렸는지 의자에 털썩 주저앉았다. 그러고는 넋이 나간 사람처럼 중얼거렸다.

"내가 왜, 우석이 형을. 내가 왜……."

"이럴 시간 없어."

영은이 지완을 보고 말했다.

"팀장님 재우자! 더 미치기 전에."

* * *

우석은 더 무엇을 해야 할지 몰랐다. 슈퍼컴퓨터를 잃은 지금, 사실상 할 수 있는 게 없었다. 지난 3년을 공들여온 모든 노력이 눈앞에서 사라져버렸다. 노도처럼 밀려오는 무력감에 우석은 그저 멍하니 책상 앞에 앉아서 어서 빨리 트로츠키가 도착하기만을 기다렸다. 그런 우석의 눈에 왼손 약지에 낀 결혼반지가 눈에 들어왔다.

우석은 책상서랍을 열더니 아내의 사진을 꺼냈다. 아내는 암으로 세상을 떠난 게 아니었다. 스스로 목숨을 끊었다. 우석은 지금도 아내가 무엇 때문에 그런 극단적인 선택을 했는지 이유를 알 수 없었다. 그가 지금까지 타임머신 연구에 매달려온 이유도 그것을 알고 싶어서였다. 그때의 시간으로 다시 돌아가 아내에게 직접 묻고 싶었다.

"그래서 팀장님 주변 사람들은 늘 외로운 거예요."

불현듯, 영은이 했던 말이 떠올랐다.

우석의 결혼생활은 신혼 초기부터 삐걱거렸다. 원인은 연구에만 매달리느라 가정에 소홀한 우석에게 있었다. 외골수에 충동적인 우석은 학계에서도 따돌림을 당하기 일쑤였고, 그런 일면은 가정에서도 크게 바뀌지 않았다. 두 사람은 언제부턴가 대화가 단절되었고, 얼마 못 가서 각방을 쓰기 시작했다. 하지만 그때도 우석은 자기에게 문제가 있는 게 아니라 아내의 이해부족을 탓하곤 했다. 그래서 아내에게 곧잘 이런 말을 하곤 했다.

"나는 이 세상을 이해할 수는 있지만 왜 그런지는 모른다! 아인슈타인이 한 말이야. 나는 당신을 이해할 수는 있지만 왜 그런지는 모르겠어."

그럴 때마다 아내는 이렇게 대꾸했다.

"당신은, 평생 모를 거야!"

그녀가 세상을 떠나던 날에도 두 사람은 심하게 다퉜었다. 아주 사소한 이유로 시작한 싸움이 결국 감정싸움으로까지 치달았다. 그날 우석은 연구를 핑계로 집에 들어가지 않고 결국 혼자 남은 아내는 쓸쓸히 생을 마감했다. 아파트 난간에서 몸을 던져서.

　아내를 떠올린 우석은 울컥해져서 머리를 감싸 쥐며 쪼그리고 앉아 흐느끼기 시작했다. 오랫동안 참아왔던 감정을 이제야 터뜨리고 있었다. 너무 늦은 감이 있었지만 더는 버틸 수도, 안으로 삼키기도 버거웠다.

　그때 누군가가 우석의 연구실로 들어왔다.

　지완이었다.

　지완은 가만히 지켜보다가 우석에게 다가가 그를 일으켜 세웠다.

　"많이 다쳤어, 형. 치료하자."

　"괜찮아."

　우석은 애써 태연한 척했다. 하지만 말과는 달리 용접기에 화상을 입은 왼손은 제대로 손가락을 펼 수 없을 정도로 심각했다. 지완은 우석의 왼손을 보더니 미간을 찌푸렸다.

　"펴지도 못하잖아. 응급처치를 해야 산소용접이든 뭐든 할 거 아냐."

　그러고는 한숨을 내쉬며 말을 이었다.

　"이젠 나도 도울게. 그러니까 치료하자, 응?"

　결국 우석은 고집을 꺾고 지완을 따라나섰다. 사실 저항할 힘도 남아있지 않았다. 자포자기하는 심정으로 마지못해 끌려가는 것이었다.

지완은 우석을 의무실로 데려가 침대에 눕혔다.

"이상하네. 소염제랑 항생제가 어딘가 있을 텐데……."

지완은 우석의 눈치를 살피면서 마취제를 찾았다. 영은의 말처럼 우석을 재울 생각인 것이다.

"이대로 잠들었으면 좋겠다."

마취제를 찾던 지완은 뜨끔해서 우석을 쳐다보았다. 다행히 우석은 눈을 감고 있어서 지완이 무엇을 하고 있는지 모르고 있었다. 지완은 안도의 한숨을 내쉬고 다시 마취제를 찾았다. 그러다가 선반 위 수납함에서 1회용 주사기와 마취제를 발견했다. 지완은 우석을 흘끔흘끔 살피며 주사기와 마취제를 집었다.

그때 우석이 슬며시 눈을 떴다. 그러고는 테이블 위의 미니어처 크리스마스트리에 눈길을 주었다. 우석의 입가에 희미한 미소가 떠올랐다.

"그러고 보니 딱 오늘이네. 7년 전 오늘, 와이프한테 프러포즈했었는데……."

그 말에 지완은 멈칫했다.

"7년 전, 크리스마스 때 너 뭐 땜에 그렇게 울었었냐?"

지완이 걸핏하면 영은에게 했던 질문이었다. 늘 그 이유가 궁금했었다. 그런데 이제 그 이유를 알아버렸다. 영은이 그날 펑펑 울었던 건, 우석이 다른 여자에게 프러포즈를 했기 때문이었다. 그녀는 남몰래 우석을 좋아했던 것이다. 진실을 알아버린 지완은 묘한 감정에 사로잡혀 손을 바르르 떨었다.
"너, 왜 이렇게 떨어? 난방이 안 돼서 추워서 그래? 침착해."
우석이 지완의 속마음도 모르게 멋대로 추측했다.
"으응."
지완은 애매하게 말끝을 흐리며 고개를 끄덕였다. 그 모습이 이상하게 부자연스러웠는지 우석은 지완을 흘끔 쳐다보았다. 그러고는 시선을 돌렸다가 구석에 세워둔 기타를 발견했다. 평소에 지완이 퉁기던 클래식 기타였다. 그런데 무슨 까닭에선지 4번 줄만 없었다. 우석은 반사적으로 목에 난 상처를 만졌다.
'혹시, 그때 날 죽이려고 한 사람이 지완이?'
우석은 의심스러운 눈초리로 지완의 뒷모습을 쳐다보았다. 그렇게 생각해서 그런지 아까부터 어딘가 묘하게 어색한 느낌이 들었다. 왠지 모르게 자꾸만 눈치를 살피는 것 같고 말도 더듬는 게 평소 모습과는 분명히 달랐다.
"지완아."
우석이 조용히 지완을 불렀다.
"어어?"
지완이 당황한 얼굴로 돌아보았다. 손에 주사기를 쥐고 있었다.

"그거 항생제?"

"으응, 항생제야."

지완이 떨리는 목소리로 대답하며 주사기를 우석의 팔뚝으로 가져갔다. 그때 우석의 시야에 선반 위를 구르는 빈 앰플이 보였다.

'anesthetic? 마취제!'

우석이 눈을 부릅뜨고 지완을 노려보았다.

지완은 다짜고짜 주삿바늘을 우석의 팔뚝에 꽂고는 급히 피스톤을 밀었다. 하지만 주사액이 들어가지 않았다

우석이 팔에 잔뜩 힘을 주고 있었다. 지완이 당황해서 어쩔 줄 몰라 했다.

우석은 지완을 힘껏 밀치고 팔뚝에서 주사기를 뽑아냈다. 그러고는 슬픈 눈으로 지완을 바라보며 말했다.

"지완아, 우리 어쩌다 이렇게 되었냐."

지완은 그 자리에 털썩 주저앉아서 두 손으로 머리를 감쌌다. 우석이 침대에서 내려와 지완을 내버려두고 힘없이 의무실을 나섰다.

"너나 나나, 참……."

* * *

"다 미쳤어. 미쳤다고. 씨발! 여기 있으면 안 돼. 저 미친 새끼들이랑 같이 있다간 나까지 개죽음을 당할 거야."

조 실장의 시신을 본 뒤로, 영식은 좀처럼 마음을 놓을 수가 없었다. 결국 CCTV 동영상으로 확인한 장면들이 하나둘씩 실현되고 있었다. 우석의 비정상적인 낙관론은 이제 개소리로 들릴 뿐이었다. 애초에 다수결로 정하지 말고 본사 지침을 따라서 철수를 했다면 이런 비극은 일어나지 않았을 것이다. 전부 우석의 비뚤어진 아집 때문에 이렇게 된 거라고 생각했다. 지난 일이야 어떻든 이제 아무런 의미가 없었다. 문순과 숙이 죽었고, 조 실장마저 죽었다. 이제 다음 차례가 누구인지 불 보듯 뻔했다. 더 늦기 전에, 그 끔찍한 불행이 일어나기 전에 여기를 빠져나가야 한다고 영식은 생각했다. 그렇다면 방법이 문제였다.

두려움과 불안 때문에 딱딱하게 굳어버린 머리로는 뾰족한 묘안이 떠오르지 않았다. 발을 동동 구르며 생각을 짜내던 영식의 머릿속에서 뭔가 번뜩 떠오르는 것이 있었다.

'그래, 맞아! 그게 있었구나.'

드디어 희망이 보였다. 이 끔찍한 곳에서 벗어날 방법을 찾은 것이다. 울상을 짓던 영식의 입가에 미소가 떠올랐다.

영식은 곧바로 에어록으로 향했다. 그곳에 가면 산호발파 잠수정이 있다. 영식은 그 잠수정을 타고 여길 빠져나갈 생각이었다. 진즉에 이랬어야 했다. 아까 잠수정을 발견하자마자 의리 따윈 내팽개치고 과감하게 실행에 옮겼으면 이런 고생을 하지 않았을 것이다. 너무나 손쉬운 방법을 놔두고 그동안 엉뚱한 짓을 벌인 것이 후회스러웠다. 하지만 이제라도 늦지 않았다. 폭발까지는 아직 시간이 남아있었다.

가만, 시간이라고?

문득 생각이 거기에 미친 영식은 황급히 시계를 확인했다.

오전 10시 44분 44초.

하필 죽을 사(死)를 연상시키는 숫자 4가, 그것도 네 개나 되었다. 영식은 불길한 생각을 하지 않으려고 고개를 세차게 흔들었다. 마음이 급해졌다. 어느 정도 여유가 있을 줄 알았는데 이제 15분 남짓밖에 남지 않았다. 11시가 되면 모든 게 끝장이다. 늦기 전에 서둘러야 했다. 영식은 조바심을 느끼며 걸음을 재촉했다.

그때 맞은편에서 발소리가 들렸다.

영식은 자기도 모르게 멈칫하며 상대가 누구인지 확인했다.

영은이었다.

영은도 뜻밖이라고 여겼는지 걸음을 멈추고 영식을 쳐다보았다. 많은 것을 묻는 눈빛이었다. 왠지 양심에 가책을 느낀 영식은 영은을 외면하고 다시 걸음을 옮겼다. 맘속으로 그녀가 말을 걸지 않고 그냥 지나가줬으면 싶었다.
"박 선생님?"
제기랄. 영식은 눈을 질끈 감으며 혀를 찼다. 항상 바라는 건 잘 이뤄지지 않는다. 어떻게 할까 망설이다가 그냥 무시하고 갈 길을 가는 쪽을 택했다. 하지만 영은이 집요하게 영식을 부르며 따라왔다.
"어디 가세요, 박 선생님. 그쪽은 에어록이 있는……."
영은이 뭔가 눈치를 챘는지 말끝을 흐렸다.
이렇게 된 이상, 어쩔 수가 없다. 영식은 입술을 깨물고 뒤를 돌아보았다. 자기를 봐달라며 구차한 변명을 늘어놓았다.
"미안, 영은 씨. 날 야속하게 생각하지 마. 어쩔 수가 없어. 난 살고 싶어. 여기서 개죽음을 당하고 싶지 않다고. 난 먹여 살려야 할 처자식이 있는 몸이야. 내가 죽어봐. 우리 식구들은 누가 책임져줄 건데. 나 말곤 없다고. 이게 나 혼자 살자고 그러는 게 아니야. 가족들을 위해서야. 그러니 날 못 본 체 해줘. 응? 부탁이야."
"하지만, 박 선생님. 그건……."
"나, 영은 씨가 뭐라고 해도 여길 떠날 거야. 그러니까 말려도 소용없어. 정말 미안해. 그리고 그동안 신세 많이 졌어."
그러더니 뒤도 돌아보지 않고 에어록으로 달려갔다.
영은이 불렀지만 대꾸도 하지 않았다. 이윽고 복도 저편으로 사라져서 영식의 모습이 완전히 보이지 않게 되었다.

 영은은 황급히 상황실로 달려갔다. 영식은 자신의 선택이 얼마나 큰 문제를 야기하는지 전혀 모르고 있었다. 아니, 지금은 설사 알고 있더라도 자신의 선택을 번복하지 않을 것이다. 이미 그는 마음을 굳힌 후였다.

 "큰일 나……."

 상황실로 뛰어든 영은은 전혀 뜻밖의 얼굴을 보고 그대로 굳어버렸다. 원래 계획이라면 우석을 잠재우고 지완이 자리를 지키고 있어야 했다. 그런데 영은을 기다리고 있는 건, 지완이 아니라 우석이었다.

 "왜, 그렇게 놀래? 내가 잠들어있을 줄 알았어?"

 우석이 물었다.

 영은은 아무 말도 하지 못했다. 그저 말없이 우석을 바라만 보았다. 지금은 무슨 말을 해도 오해만 살 것 같았기 때문이다. 그래서 말을 아꼈다.

 "……."

 "나도 정말로 자고 싶은데, 잠이 안 온다. 나, 사실 며칠째 불면이야."

 우석이 농담인지 진담인지 모를 애매한 말을 했다.

 영은은 우석의 눈치를 살피다가 조심스럽게 말을 꺼냈다. 일단 급한 불부터 꺼야한다고 생각했다.

"문제가 생겼어요."

"문제?"

우석이 고개를 갸웃했다.

"박 선생님이 여길 탈출하려고 산호발파 잠수정을 끌어내리고 있어요. 좀 있으면 '트로츠키'가 도착해요. 박 선생님이 에어록 외벽을 열려고 할 텐데, 지금 이 상황에서 에어록 외벽까지 열리면 블랙홀의 중력을 못 이겨서 연구소가 완전 붕괴될 거예요."

영은의 설명이 끝나자, 우석이 눈살을 찌푸렸다.

"박 영식, 기어이 사고를 치는군."

사태의 심각성을 모르는지 우석이 태평하게 중얼거렸다.

"지금 이럴 때가 아니에요. 박 선생님을 말려야 해요. 시간이 얼마 없어요. 곧 있으면 11시라고요."

영은이 말했다.

"벌써 에어록에 도착했다면, 가는 도중에 트로츠키가 도착할 텐데, 무슨 수로 말려? 너무 늦었어."

"그래도 뭔가 해봐야죠. 가만히 있을 거예요?"

계속 답답한 소리만 늘어놓는 우석을 밀치고 영은이 자리에 앉아서 에어 록의 감시영상을 켜고 마이크 스위치를 올렸다. 모니터에 영식의 모습이 잡혔다. 벌써 잠수정을 끌어내려 탑승할 준비를 끝마친 후였다.

"박 선생님, 지금 외벽을 열면 안 돼요. 연구소는 물론이고 박 선생님까지 위험해질 수 있어요!"

그러자 영식은 감시카메라를 정면으로 쳐다보더니 손에 쥐고 있던 공구를 던져서 렌즈를 박살내버렸다. 치익, 하며 노이즈가 일더니 화면이 검게 바뀌었다. 영은이 화가 나서 계기반을 손바닥으로 내리쳤다. 잠시 뭔가를 고민하더니 주머니에서 MP3플레이어를 꺼내 케이블단자로 중앙컴퓨터에 연결했다.

우석은 옆에서 팔짱을 끼고 영은의 행동을 지켜보았다.

"이 플레이어 안에 들어있는 LP바이러스로 메인시스템을 다운시킬 거예요. 그럼 에어록의 제어장치까지 마비돼요."

영은은 우석이 묻지도 않은 걸 알아서 설명을 해주었다.

LP바이러스의 위력은 엄청났다. 불과 몇 십초 만에 메인시스템을 다운시키면서 상황실을 어둠으로 물들였다.

"그렇게 CCTV 파일도 감염되는 거였구나."

우석이 이제 알겠다는 듯 중얼거렸다. 그 말을 듣고 영은이 멈칫거렸다. 미처 거기까진 생각하지 못했던 모양이었다. CCTV의 데이터를 감염시킨 것은 다른 사람도 아닌 영은 자신이었던 것이다.

"결국 모든 게 예정대로 흘러간다."

우석은 모든 것을 포기한 사람처럼 어깨를 늘어뜨리며 자조적인 미소를 띠었다.
"근데 영은아."
"네?"
"이제 말해봐."
"뭘요?"
영은은 전혀 짐작도 못하겠다는 듯이 우석을 쳐다보았다.
"넌 봤을 거 아냐."
"무슨 말씀인지 모르겠어요. 지금 뭘 묻고 계신 거예요?"
"나, 어떻게 죽든?"
우석의 물음에 영은은 그대로 굳어버렸다. 전혀 예상하지 못한 질문이었다. 우석은 영은의 표정을 보더니 뭔가 알아차렸는지 쓸쓸히 웃으면서 고개를 끄덕였다. 그러고는 슬픈 눈으로 영은을 바라보며 자기 예상이 맞는지 확인했다.
"지완이구나, 그치?"
"그건⋯⋯."
"알았다. 대답 안 해도 돼."
잠시 어색한 침묵이 흘렀다. 그러다가 영은이 갑자기 자리를 박차고 일어섰다. 뭔가 급한 볼일이 생각난 것 같은 표정이었다.
"어딜 가려고? 에어록의 제어시스템도 마비시켰잖아."
우석이 힘없는 목소리로 물었다.

"박 선생님이 수동 조작으로 열 수도 있잖아요. 그건 여기서 막지 못해요."

그렇게 말하고는 영은은 황급히 밖으로 뛰어나갔다.

우석은 그런 영은을 물끄러미 바라만 보았다.

"그럼 뭐하게, 이제 곧 있으면 트로츠키가 도착할 텐데. 그럼 모든 게 끝이야, 끝. 너무 애쓰지 마라, 영은아."

* * *

에어록으로 달려가던 영은은 의무실을 지나치다가 넋을 잃고 침대에 앉아있는 지완을 발견했다.

"거기서 뭐해! 나 좀 도와줘."

지완은 고개를 들더니 무슨 일인가 싶어 의무실에서 뛰어나왔다.

"무슨 일이야?"

"설명은 가면서 할게. 빨리 따라와."

"어딜 가는데?"

지완이 영은과 나란히 뛰면서 물었다.

"에어록."

"거긴 왜?"

"박 선생님을 막으러."

"그 아저씨는 또 왜?"

"혼자서 여길 빠져나가겠다고 산호발파 잠수정을 끌어내렸어."

"하아, 정말 대단한 양반이군. 그래서?"

"조금 있으면 트로츠키가 도착해. 그런데 지금 이 상태에서 에어록 외벽까지 열려봐. 여긴 그냥 붕괴될 거야. 그래서 내가 시스템을 다운시켰어. 중앙컴퓨터에 LP바이러스를 심었어."

그 말에 충격을 받았는지 지완은 말문을 잃어버렸다.

"맞아. CCTV 파일도 그래서 감염된 거야. 내가 그런 거야."

"그랬었구나."

지완이 수긍한 듯 고개를 끄덕였다.

"그런데 시스템을 다운시켰으면 에어록 제어시스템도 같이 죽는 거 아니야?"

"수동조작으로도 열 수 있잖아."

"아, 그렇지."

"근데 조 실장님이 불렀다는 본사 수습팀은 왜 여태 안 나타나지. 벌써 오고도 남잖아."

"몰라, 위에선 폭풍이 불고 있나봐, 그래서 제시간에 출발하지 못한 모양이야. 어차피 이미 늦었어. 세이프 룸도 이미 기능을 상실했고."

"다른 방법이 있을 거야, 분명히!"

그러면서 영은이 지완의 손을 잡았다.

문득 지완은 뭔가 깨달았는지 영은을 쳐다보고 물었다.

"너, 다른 이유도 있는 거지? 날 데려가는 덴."

"내가?"

"나랑 우석이 형을 떼어놓으려고 그러잖아. 맞지?"

영은은 아무 말도 하지 않았다. 지완은 그녀의 침묵을 예스로 받아들였다.

"그래, 이게 차라리 현명한 방법인지도 모르겠다."

* * *

우석은 혼자인 것이 싫어서 상황실을 나와 복도를 걸었다. 하지만 복도에도 아무도 없기는 마찬가지였다. 처음으로 견디기 힘든 고독감이 느껴졌다.

문득, 우석은 바닥에 떨어진 크리스마스카드를 발견했다. 어딘가 눈에 있다 싶더니, 지난번 테스트 비행으로 왔을 때 봤던 그 카드였다. 우석은 허리를 숙여 카드를 집었다. 카드 겉면에 미키마우스와 플루토가 산타클로스 분장을 하고 환하게 웃고 있었다. 우석도 따라 웃고 싶었지만 웃음이 아니라 눈물이 나왔다.

우석은 카드를 열어보았다. 카드 안에는 지난번과 마찬가지로 팀원들이 함께 찍은 단체사진이 나왔다.

우석의 눈에서 눈물이 흐르더니, 사진 아래에 적은 메모 위로 떨어졌다. 영식이 갈겨쓴 '무사귀환하십쇼!'라는 글귀 중에 '하십쇼!' 부분이 눈물에 번졌다.

갑자기 커다란 진동이 울리기 시작했다.

우석은 시계를 확인했다. 오전 10시 59분이었다. 우석은 벽에 기대고 그대로 주저앉았다.

* * *

"박 선생님!"

에어록에 도착한 영은은 때마침 잠수정에서 내리는 영식을 발견하고 소리를 질렀다. 시스템이 다운된 줄도 모르고 여태껏 잠수정 안에서 씨름을 벌인 것이다. 영식은 얼굴을 붉히며 그녀를 쳐다보더니 성큼성큼 어딘가로 걸어갔다. 영은의 짐작대로 수동조작으로 문을 열 작정인 것이다.

"박 선생님, 기다리세요!"

"닥쳐!"

영식이 눈을 부라렸다. 지금껏 볼 수 없었던 모습이었다.

"네년이 쓸데없는 짓을 해서 이 고생을 하잖아."

서슴없이 욕설을 입에 담는 영식을 보고 영은은 자기도 모르게 움찔했다. 독을 품은 혀처럼 영식은 계속해서 욕설을 퍼부어댔다. 그 광기어린 모습에 남자인 지완조차도 질려버려서 말문을 잃어버렸다.

"하여간에 머리 좋은 년들은 꼭 자기만 잘난 줄 알아. 그래서 그 티를 내려고 하지. 네년처럼 말이야. 병신 같은 년!"

"박 선생님……."

영식의 서슬에 눌린 영은이 슬금슬금 뒷걸음질을 쳤다.

"사람을 번거롭게 만들다니, 썩을 년놈들."

영식은 투덜거리며 어느 틈에 수동 레버를 붙들었다.

"안 돼요! 그럼 다 죽어요."

영은이 소리쳤다.

영식은 살의로 가득한 눈빛으로 영은을 쏘아보았다.

"다 죽어? 웃기시네. 그러고 보니 거기 두 사람은 죽는 장면이 없었지? 그래서 그렇게 기고만장하게 구는 거잖아. 그러니 태평할 수밖에."

그렇게 내뱉더니 다시 레버를 붙잡았다.

"그거 놔!"

지완이 소리를 지르며 달려들었다.

"비켜, 이 샌님 새끼야!"

영식이 독설을 내뱉으며 지완을 밀었다.

"당장 그만두란 말이야!"

지완은 영식을 뿌리치며 레버를 움켜쥐었다.

"나는 살 거야, 살 거라고!"

"살고 싶으면 이걸 놓으라고요!"

"개소리하지 마!"

"씨발, 좀 놓으라고!"

두 사람은 서로 레버를 잡고 힘겨루기에 들어갔다. 둘 중 어느 쪽도 한 치의 양보 없이 팽팽하게 맞섰다.

영은이 끼어들 틈이 없었다.

영은은 발을 동동 구르며 시계를 보았다. 오전 10시 59분이 지나가고 있었다. 이제 곧 있으면 '트로츠키'가 도착할 것이다. 오전 11시 정각이 되면.

시간은 속절없이 계속 흘러갔다.

57초,

58초,

59초,

그리고……

오전 11시 정각.

10.
도플갱어

성공만큼 큰 실패도 없다.

(제럴드 내크먼)

격납고 안이 섬광에 휩싸였다.

곧 섬광이 사라지고 엄청난 폭발이 일어났다.

귀로는 들을 수 없는 엄청난 소음이 터지며 거기서 발생한 충격파가 연구소 건물 전체를 뒤흔들었다.

흡사 지진이라도 일어난 것 같았다.

코어에너지 부속실에 일어난 화재로 건물 곳곳에 생겨난 균열들이 중력파의 여파로 더욱더 확산되기 시작했다.

1차 충격파에 이어, 2차 충격파가 건물 곳곳을 관통했다. 그 파장은 에어록으로까지 전해졌다.

수동 레버를 두고 실랑이를 벌이던 두 사람은 충격파에 휩쓸려 서로 반대편으로 날아갔다. 동시에 폭발음과 함께 천정이 무너져 내렸다.

다행히 지완은 완충지대로 떨어져 큰 위기를 넘겼지만, 애석하게도 영식은 운이 나빴다. 무너진 천정의 잔해에 무참히 깔리고 말았다. 결국 그도 자신의 눈으로 확인한 장면과 똑같은 최후를 맞고 말았다.

"영은아!"

지완이 납작 엎드려 몸을 피하면서 영은을 불렀다.

어떻게 된 일인지 영은의 모습이 보이지 않았다. 그나마 다행히도 천정에서 쏟아진 잔해 밑에는 없었다. 하지만 그걸로는 마음을 놓을 수가 없었다.

마음 같아서는 당장이라도 뛰어나가 그녀를 찾고 싶었지만 그러기엔 진동이 너무 심해서 제대로 서 있는 것조차 어려웠다. 적어도 진동이 멈출 때까지는 이대로 움직이지 않는 게 현명했다. 지완은 하릴없이 이를 악물고 그 상태로 인내하며 기다렸다.

이윽고 진동이 서서히 잦아지더니 이내 완전히 멈추었다.

지완은 기다렸다는 듯이 기어 나와 영은을 찾았다. 아무리 둘러봐도 에어록 안에는 없는 것 같았다. 지완은 에어록의 입구에서 잔해에 깔린 영식의 시신을 발견하고는 마음이 더 급해졌다.

"영은아!"

몇 번을 불러도 대답이 없었다.

지완은 에어록 밖으로 나갔다. 그러고는 모퉁이를 돌려다가 문득 발아래를 보고 소스라치며 뒤로 물러섰다. 폭발의 여파로 커다란 구멍이 뚫려있었다.

"지완 씨!"

그때 구멍 아래에서 영은의 목소리가 들렸다. 급히 내려다보니 영은이 튀어나온 철근을 붙든 채 위태롭게 매달려있었다.

"영은아! 기다려, 내가 내려갈게!"

"지완 씨……."

"조금만 참아. 내가 금방……."

지완이 손을 뻗으려는 찰나, 철근이 그녀의 체중을 이기지 못하고 쑥 빠져버렸다. 그리고 영은도 함께 아래로 추락했다.

"안 돼!"

구멍 안에서 폭발이 일어나더니 지완의 눈앞에서 화염이 치솟았다.

지완은 망연자실해서 무릎을 꿇었다.

"영은아……."

* * *

모든 것을 체념한 우석은 자신의 연구실로 돌아와 죽음이 찾아와 자신을 데려가기만을 기다리고 있었다.

정말로 사신이 찾아온 것일까.

인기척이 들리고 검은 그림자가 문에 나타났다. 우석은 멍한 얼굴로 검은 그림자를 쳐다보았다. 기대와는 달리 사신이 아니라 검은 옷을 입은 지완이 서 있었다. 얼마나 울었는지 눈물로 범벅이었다. 지완은 힘없이 들어와 우석의 앞에 무릎을 꿇고 오열했다.

"형, 영은이가……. 영은이가……."

"왜, 죽기라도 했냐? 이상하네. CCTV 파일에서 영은이 죽는 건 못 봤는데?"

마치 남의 일처럼 얘기하고 있었다. 그 무성의한 말투가 지완의 분노를 자극했다. 지완은 눈을 부라리며 우석의 멱살을 잡았다.

"씨발! 그딴 식으로 말하지 마. 영은이가 남이야? 형한테는 영은이가 남의 집 개보다 못한 애였어?"

"흥분하지 마. 건강에 해로워."

우석이 지완의 손을 떼어내며 여전히 건성으로 대꾸했다.

"영은이가 형을 얼마나 좋아하는데……."

지완의 말에 우석은 황당하다는 듯이 쳐다보았다.

"야야, 그거 엘렉트라 콤플렉스 같은 거야. 너, 모르지? 걔 정신질환 있어. 자기 아빠가 미래로 가있다고 믿는 애잖아."

모든 것을 체념해서인지 우석은 맘에도 없는 말을 내뱉었다.

"개새끼야, 말 그따위로 할래?"

지완이 발끈해서 버럭 소리를 질렀다.

"형이 충고하는데 괜히 사랑에 목숨 걸지 마라. 너 이러면 문순이랑 다를 게 뭐냐? 윤 지완, 너 이성적인 놈이잖아. 이러는 거 안 어울려."

우석이 무슨 말을 해도 지완은 곱게 들리지 않았다. 오히려 화만 돋을 뿐이었다. 지완은 이를 갈며 일어섰다.

"웃기고 자빠졌네. 네가 그런 말 할 자격 있어? 혹시 알고는 있었냐. 지윤이 누나가 왜 우울증에 걸렸을까?"

지완이 이죽거렸다.

"다 지난 일이다."

우석은 순간 움찔했지만 다시 아무렇지도 않다는 듯이 중얼거렸다. 애써 감정을 억누르는 것처럼 보였다. 하지만 아내의 이야기가 나오자 어쩔 수 없이 동요하기 시작했다. 우석에게는 치명적인 아킬레스건이었다.

"아하, 내가 깜빡했네. 지난일 바로잡으려고 타임머신 만드는 거였었지? 왜? 와이프 투신할 때로 돌아가서 바닥에 그물망이라도 깔아두려고?"

"너……."

우석이 눈을 부릅떴다.

"진실을 말해줄까? 지윤이 누나랑 마지막으로 통화했던 사람이 누군지 알아? 바로 나야! 오죽 전화할 데가 없었으면 나한테 했을까? 자기 남편 놔두고."

지완이 비아냥거렸다.

"뭐라고?"

우석은 충격을 받았는지 입술을 바르르 떨었다.

"근데 너, 왜 나한테 얘기 안 했어? 왜!"

지완이 웃으면서 말을 이었다.

"얘기했으면 뭐 달라졌을까? 그거 아냐? 이미 일어난 일은 못 바꿔. 우리 지금 직접 확인하고 있잖아. 그때로 돌아가도 지윤이 누나는 결국 죽게 돼있어!"

"닥쳐, 새끼야!"

우석이 지완을 힘껏 밀며 소리를 질렀다. 그 바람에 지완은 엉덩방아를 찧었다. 지완은 키득거리면서 우석을 쳐다보았다.

"넌, 지윤이 누나가 그렇게 돼서 괴로웠던 게 아니야. '왜 나한테 이런 일이 생겼을까' 하고 짜증나는 거였지. 너는 원래 그런 새끼인 거야, 정 우석. 박사님"

"입 다물어!"

우석이 고함을 지르며 철제의자를 번쩍 쳐들었다.

"병신, 그걸로 날 어쩌게? 잊었어? 내가 죽은 모습은 찍히지 않았어. 누구랑 다르게."

지완이 조소했다.

"그래? 그럼 어디 죽어봐. 내가 네 미래를 바꿔줄게!"

흥분한 우석이 철제의자를 내리쳤다. 하지만 이미 예상

하고 있었던 지완은 가볍게 몸을 굴러 피했다.

"죽어, 이 새끼야!"

우석은 계속해서 의자를 휘둘렀다. 그러다가 제풀에 중심을 잃고 휘청거렸다. 그 틈을 놓치지 않고 지완이 발을 걸어 우석을 넘어뜨렸다. 그러고는 바닥에 쓰러진 우석의 가슴팍에 올라타고 두 손으로 목을 졸랐다.

"넌 살인자야. 알아? 네 욕심 때문에 몇 명이 죽은 줄 알아?"

지완은 점점 이성을 잃어갔다.

우석의 얼굴이 하얗게 변했지만 손을 놓지 않고 계속 졸랐다.

"너 같은 건, 죽어도 싸!"

지완이 고래고래 소리를 질렀다.

우석은 컥컥거리며 주위를 더듬었다. 그러다가 바닥에 떨어진 가위가 손에 잡혔다. 생각할 겨를도 없이 가위를 움켜쥐고 지완의 다리를 힘껏 찍었다.

"아악!"

지완이 비명을 질렀다.

우석은 지완을 확 밀치고 일어나 달아나려고 했다. 하지만 지완도 가만있지 않았다. 재빠르게 우석의 머리채를 확 낚아채더니 다리에 꽂힌 가위를 뽑아들었다. 타는 듯한, 격렬

한 통증이 엄습했지만 그보다 우석을 향한 분노와 살의가 더 컸다.

"죽여 버릴 거야!"

지완은 뽑아든 가위를 번쩍 쳐들었다. 그러고는 있는 힘껏 내리치려는 찰나, 뭔가 눈앞에서 번쩍였다.

맞은편 유리에 자신의 모습이 비치고 있었다. 손에 쥔 가위가 마치 칼처럼 보였다. 순간 지완의 머릿속에 영은이 보여주었던 캡쳐 화면이 떠올랐다. 지금 모습이 바로 장면이랑 똑같았다. 그것을 깨달은 지완은 순간 멈칫했다.

"으아아!"

우석이 고함을 지르며 지완을 힘껏 밀었다. 지완은 당황해서 가위를 놓치고 말았다. 우석은 그대로 지완을 힘껏 걷어찼다. 지완이 데굴데굴 구르며 복도로 나가떨어졌다. 쫓아가서 두들겨 패주고 싶었지만 조금 전에 당한 여파로 다리에 힘이 들어가지 않았다.

우석은 기운을 차리기 위해 숨을 몰아쉬었다. 그사이에 어디로 사라졌는지 지완의 모습이 보이지 않았다. 우석은 엉금엉금 기어서 책상 뒤로 돌아가 몸을 기댔다. 지금 상태로는 지완이 돌아와도 제대로 반격할 수 없을 것 같았다. 체력을 회복할 시간이 필요했다. 호흡을 가다듬던 우석의 눈에 웨딩드레스를 입은 아내의 사진이 보였다. 몸싸움을 벌일

때 떨어진 모양이었다. 우석은 덜덜 떨리는 손으로 사진을 집었다.

"진실을 말해줄까? 지윤이 누나랑 마지막으로 통화했던 사람이 누군지 알아? 바로 나야! 오죽 전화할 데가 없었으면 나한테 했을까? 자기 남편 놔두고."

지완이 내뱉었던 말이 다시 비수처럼 우석의 심장을 파고들었다. 그랬었니? 지윤아. 그날, 내가 아니라 지완이에게 전화를 걸었니? 왜? 어째서 나한테 말하지 않았니. 왜 날 찾지 않았니. 나는 널 정말로…….

우석은 울고 싶었다. 그런데 너무 아파서 눈물이 나오지 않았다.

"나는 이 세상을 이해할 수는 있지만, 왜 그런지는 모른다."

아내에게 자주 했던 말이다. 그때마다 아내는 얼마나 상처를 받았을까.

"그래서 팀장님 주변 사람들은 늘 외로운 거예요."

새삼 영은이 했던 말이 떠올랐다.

그런 의미로 말한 것이었니.

이제야 영은의 말을 조금은 이해할 것 같았다. 우석은 뒷머리를 책상에 여러 차례 부딪쳤다. 스스로를 책망하듯, 또 누군가를 원망하듯. 일종의 자학이고 분풀이였다.

"지윤이 누나도, 우리 팀원들도 다 네가 죽인 거야. 주변 사람들 생각 안 하는 네 좆같은 성질 땜에!"

순간, 머릿속에서 지완의 말이 맴돌았다. 우석은 이를 악물었다. 이 더러운 기분을 풀려면 누구든 화풀이 대상이 필요했다.

"나에 대해 뭘 안다고 함부로 지껄여. 개새끼, 죽여 버리겠어."

그때였다.

발소리가 들리더니 누군가가 급히 연구실로 들어왔다.

우석은 혹시 지완이 다시 돌아왔나 싶어 급히 몸을 숙이고 상대가 누구인지 확인했다. 하지만 워낙 어둡고 등을 돌리고 있어서 알아볼 수가 없었다. 언뜻 체격을 보면 지완인 것 같았다. 그런데 무슨 이유에선지 캐비닛을 열어 계약서 서류를 찾고 있었다.

'왜, 저걸 노리지? 혹시 지완이 이 새끼, 처음부터 조 실장과 짜고 내 연구를 팔아넘길 생각이었나. 그래서 계속 내 말에 토를 달고 사사건건 반대를 했었던 거야. 그러고 보니 은근히 조 실장의 편을 들었어. 내 편을 들어줘도 모자랄 판에. 그래, 그런 거였어!'

우석은 퍼뜩 정신을 차리고 아무거나 손에 잡히는 대로 쥐었다. 그러고는 살금살금 다가가 그가 돌아보기 전에 그의 머리를 힘껏 내리쳤다. 상대가 신음을 토하며 바닥에 쓰러졌다. 우석은 내친김에 그를 뒤에서 덮쳤다. 그러고는 두 팔로 단단히 목을 감고 힘껏 조였다.

그 와중에도 상대는 계약서를 잡으려고 손을 뻗었다. 역시 계약서를 노린 게 분명했다. 지완이 배신자라는 것을 확인하자 우석의 뱃속 깊은 곳에서 걷잡을 수 없는 분노가 끓어올랐다. 지금껏 느껴보지 못한 살의가 우석의 몸과 마음을 장악했다. 우석은 이를 악물고 죽을힘을 다해 상대의 목을 졸랐다. 아예 목뼈를 부러뜨리겠다는 각오로. 하지만 상대도 완강히 저항했다.

상대가 휘두른 팔꿈치에 턱을 맞는 바람에 그의 목을 조르던 팔에 힘이 빠지고 말았다. 그 틈을 놓치지 않고 그 상태에서 상대가 고함을 지르며 벽으로 우석을 밀어붙였다. 우석은 벽에 등을 부딪치면서 낮게 신음을 토했다.

"허억, 허억……."

우석에게서 자유로워진 사내가 목을 움츠리며 가쁘게 숨을 몰아쉬었다. 우석은 아픔도 잊은 채 다시 그에게 달려들었다. 상대가 완강하게 저항했지만 찰거머리처럼 달라붙었다. 이번에는 목을 조르는 게 여의치 않아서 등에 매달리는 수준이었다.

그때 우석의 손에 다시 뭔가 잡혔다. 길고 가느다란 끈 같은 것이었다. 흘끔 보니 벽에 그림들을 걸어놓을 때 쓰던 철사였다.

 우석은 생각할 겨를도 없이 철사를 쥐고 그의 목에 감고 조였다. 그렇게 죽을힘을 다해 철사를 조이던 우석은 문득 이 상황이 낯설지 않다는 걸 느꼈다. 그러다가 그의 손가락에 낀 반지를 보았다. 그건 자신의 결혼반지였다. 깜짝 놀란 우석이 멈칫거렸다. 그러자 상대가 어디서 났는지 만년필을 휘둘렀다.

 "헉!"

 만년필은 정확히 목덜미에 박혔다. 우석은 상대를 놓아주고 뒤로 넘어졌다. 그가 철사를 풀며 숨을 헐떡였다.

 바닥에 떨어진 펜라이트의 불빛이 비로소 그의 얼굴을 비췄다. 우석은 그의 얼굴을 알아보고 숨이 멎는 충격에 휩싸였다.

 불청객의 정체는 파일럿 슈트를 입은, 우석 자신이었다. 지난번, 우석을 죽이려고 했던 사람은 바로 자신이었던 것이다.

 그때 파일럿 슈트 차림의 우석이 목을 매만지며 이쪽으로 고개를 돌렸다. 우석은 들키기 전에 벌떡 일어나 필사적으로 달아났다.

 도플갱어(Doppelgänger). 독일 민간전승에 나오는, 자신과 똑같이 생긴 분신. 그 전설에 따르면 도플갱어를 목격한 사람은 죽음을 맞는다고 했다. 우석은 방금 자신이 공격한 또 다른 '정 우석'이 도플갱어처럼 느껴졌다. 그리고 전설에서 말하는 것처럼 이제 자신도 죽음을 맞이할 거란 생각이 들었다. 두 눈으로 직접 확인한 그 동영상처럼.

* * *

파일럿 슈트 차림의 영은이 특수비품실에서 TCC를 찾아서 밖으로 뛰어나왔다. 팔목에 찬 타이머가 긴박하게 경고음을 울렸다. 영은은 숨을 헐떡이며 정신없이 뛰었다. 그리고 막 모퉁이를 도는 순간, 바닥에 난 구멍을 보지 못하고 그만 아래로 추락하고 말았다.

"아아……."

수 미터 아래로 떨어진 영은은 외마디 비명을 지르며 바닥을 굴렀다. 다행히 떨어지는 순간, 본능적으로 낙법을 구사해 큰 부상은 모면할 수 있었다. 대학 시절에 소일거리삼아 잠시 몸담았던 유술 동아리에서 타의 반, 자의 반으로 익힌 것이 이제야 빛을 발했다. 그래도 매트리스가 아닌 딱딱한 바닥에 떨어진 만큼 충격이 상당히 컸다. 뼈마디가 수시고 머리를 부딪쳤는지 어질어질해서 중심을 잡기가 힘들었다.

하지만 머뭇거릴 틈이 없었다. 빨리 돌아가서 TCC를 교체

하지 않으면 트로츠키가 이륙할 수가 없다. 어쩌면 이대로 여기에 머문다고 해도 큰 문제는 없을지도 모르지만 비행에 실패하면 '그'가 몹시 실망할 게 분명하다. 그의 그런 모습은 보고 싶지 않았다.

영은은 기운을 내서 천천히 일어섰다.

그때 머리 위에서 비명소리가 들리더니 누군가가 또 아래로 떨어졌다.

그 사람도 영은과 마찬가지로 떨어지는 순간에 낙법을 구사해서 바닥을 굴렀다. 그런데 마치 거울을 보는 것처럼 몸짓이 똑같았다. 영은은 왜 그런지 금세 그 이유를 알 수 있었다.

몸을 털며 힘겹게 일어선 사람은 바로 영은, 자신이었다. 다만 그녀는 파일럿 슈트가 아닌 스웨터를 입고 있었다.

"……!"

영은은 또 다른 자신을 마주하자 너무 놀란 나머지 아무 말도 할 수 없었다.

스웨터 차림의 영은도 이쪽을 보더니 깜짝 놀라며 그대로 굳어버렸다. 두 눈으로 보고 있어도 믿기 힘든지 두 사람은 서로를 말없이 쳐다보았다. 그러고는 누가 먼저랄 것도 없이 동시에 손을 뻗어 서로의 뺨을 어루만졌다. 손에 따뜻한 온기가 느껴졌다. 결코 환각이 아니었다.

그때 파일럿 슈트의 영은이 차고 있는 손목에 타이머가 긴박하게 울렸다.

"우리, 이렇게 만난 걸 보면 뭔가 잘못됐나보죠?"

과거에서 온 영은이 먼저 입을 열었다.

"돌아가면 많이 혼란스러울 거야. 하지만 이거 하나만 명심해. CCTV 파일 절대 열면 안 돼. 모두가 불행해져."

현재의 영은이 희미하게 웃으면서 말했다.

"그게 무슨……?"

과거에서 온 영은이 이해할 수 없다는 듯 고개를 갸웃했다. 현재의 영은이 바닥에 떨어진 TCC를 주워 또 다른 자신에게 건네주었다.

"빨리 가. 이럴 시간이 없잖아."

과거에서 온 영은은 TCC를 받아들고는 달리기 시작했다. 그러다가 문득 중간에 멈춰서 또 다른 자신을 쳐다보았다.

"어서 가."

현재의 영은이 웃으면서 과거에서 온 자신에게 손을 흔들어주었다.

"안녕, 또 다른 나."

* * *

우석은 다리를 절며 복도로 나왔다. 기운이 없어보였다. 우석은 목덜미에 꽂힌 만년필을 단단히 쥐고 힘껏 뽑았다. 그러자 상처에서 피가 쏟아졌다. 우석은 손으로 상처를 틀어막으며 힘겹게 걸음을 옮겼다. 그렇게 서너 걸음을 더 옮기다가 무릎을 꺾으며 벽에 기댔다. 우석은 몸을 가누지 못하고 그대로 주저앉았다. 갑자기 피로가 몰려오면서 잠이 쏟아지기 시작했다. 눈꺼풀이 무거워졌다. 우석도 알고 있었다. 이대로 잠들면 끝이라는 것을. 그래서 필사적으로 버텼다. 머리를 벽에 기댄 우석의 시야에 CCTV 카메라가 들어왔다.

 이거였구나, 내가 본 장면이. 역시 미래는 바꿀 수 없는 모양이다. 우석은 체념하고 눈을 스르르 감았다.

 몽롱한 의식 속에서 트로츠키를 타고 귀환하던 순간의 기억이 떠올랐다. 그때 우석은 영은을 놔두고 왔다고 생각했다. 뚜렷하지 않는 기억 속에서 서서히 닫히는 메인 홀의 문 너머로 손을 흔들며 달려오는 영은의 모습이 보였다. 어딘가 이상했다. 그건 우석을 부르는 게 아니라 마치 배웅을 하는 모습처럼 느껴졌다. 우석은 의식을 가다듬었다. 흐릿하던 기억이 조금씩 또렷해지기 시작했다.

 그리고 보았다. 자신을 향해 손을 흔드는 영은은 파일럿 슈트가 아닌 스웨터를 입고 있었다.

 우석이 눈을 번쩍 떴다.

그랬다. 그때 본 영은은 자신과 함께 트로츠키를 타고 온 그녀가 아니라 원래 그 시간대에 존재하는 영은이었던 것이다.

'그래, 그랬구나. 그랬어.'

인기척이 느껴졌다.

누군가가 다리를 절며 이쪽으로 걸어왔다. 지완이었다. 지완은 우석을 발견하고 절뚝거리며 달려왔다.

"형!"

지완은 우석을 안아 일으켰다.

우석이 웃으면서 말했다.

"영은이, 살아있어. 내가 봤었어. 그때 트로츠키를 귀환하던 직전에 내가 본 건 다른 영은이었어. 나랑 동승했던 영은이가 아니라 원래 이 시간대에 존재하는 영은이었다고."

"무슨 소리야?"

"가, 지완아. 영은이 찾아서 에어 록으로 가."

우석이 지완을 떠밀었다.

"일어나. 같이 가."

지완이 우석을 일으키려고 했다. 하지만 우석은 축 늘어져서 움직일 생각을 하지 않았다. 다리를 다친 지완의 힘으론 어림도 없었다.

"가, 어서. 가서, 은영이를 찾아. 여기가, 내 마지막이야.

너도 같이 봤잖아."

우석은 주변을 둘러보며 말했다. 지완도 주위를 둘러보고 우석이 무슨 말을 하는지 깨달았다. 복원한 동영상에서 봤던 장소가 바로 여기였다. 지완은 입술을 깨물었다. 인정하고 싶지 않았다. 이렇게 우석을 보낼 수는 없었다.

"약한 소리 하지 마!"

지완이 소리를 질렀다.

"미래는 못 바꿔."

"바꿀 수 있어!"

"자식."

우석이 희미하게 웃었다. 불과 얼마 전까지만 하더라도 둘은 서로 반대 입장이었다.

"미안하다, 정말로……."

우석이 고개를 떨어뜨렸다. 당황한 지완이 거칠게 우석을 흔들었다. 하지만 우석은 눈을 뜨지 않았다.

"일어나, 일어나! 혼자 이렇게 가면 어쩌라고! 개새끼, 끝까지 이기적이야."

그때 저편에서 발소리가 들리더니 영은이 달려왔다. 지완이 그녀를 알아보고 소리쳤다.

"영은아!"

이쪽으로 달려오던 영은은 지완에게 안겨있는 우석의 시

신을 보고 그 자리에 털썩 주저앉으며 오열했다.

"오빠……."

점점 커지는 비상벨 소리가 불안을 조성했다. 지완은 우석을 내려놓고 시계를 보았다. 아직 오전 11시까지는 시간이 남았다.

"지금 연구소 어딘가에 트로츠키를 타고 온 또 다른 우석이 형이 있겠지? 어제로 못 돌아가게 해야 해. 그렇지 않으면 이 비극이 또 반복돼."

지완이 말했다.

"그러면 뭐가 달라질까?"

"적어도 저쪽 시간축의 우리는 살아남을 수 있어. 생각해 봐, 우석이 형이 귀환하지 못하면 원래 예정했던 대로 우리는 철수하는 거야."

"그럼 우석이 오빠는 어떻게든 죽음을 피할 수 없는 거네."

영은이 쓸쓸히 말했다. 그 말에 지완은 착잡한 얼굴로 우석의 시신을 내려다보았다.

'그건 어쩔 수 없잖아.'

그때 누군가가 급히 달려가는 소리가 복도에 울려 퍼졌다. 소리는 상황실 쪽에서 들려왔다. 지완과 영은은 서로 쳐다보았다. 그러고는 누가 먼저랄 것도 없이 그쪽으로 뛰어갔다. 모퉁이를 도는데, 파일럿 슈트를 입은 우석이 두 사람의 눈앞에서 휙, 하고 지나갔다.

"놓치면 안 돼."

지완이 다급하게 말했다.

두 사람은 우석을 쫓아갔다. 하지만 다리를 다친 지완은 좀처럼 속도를 낼 수 없었다. 우석과의 간격이 점점 벌어지기 시작했다.

* * *

영은이 격납고로 뛰어들었다. 현재의 영은이 아니라 '과거'에서 트로츠키를 타고 온, 파일럿 슈트 차림의 영은이었다.

영은은 숨을 헐떡이며 트로츠키 안으로 들어갔다. 그녀가 출입문을 지나자 센서가 작동하며 탑승인원을 체크했다. 모니터에 '탑승인원 1명'이라는 메시지가 떴다.

영은은 타이머를 확인했다.

서둘러야 했다. 이제 1분도 채 남지 않았다.

영은은 TCC를 교체하기 위해 발아래의 덮개를 열고 내려갔다. 바닥에 내려서자마자 크게 휘청거렸다. 구멍으로 떨어질 때의 충격으로 머리를 다쳤는지 가벼운 뇌진탕 증세가 일어났다. 의식도 가물가물했다. 영은은 고개를 세차게 흔들고는 슬롯에 TCC를 밀어 넣었다. 그러고는 기력을 다했는지 그대로 바닥에 쓰러져서 의식을 잃었다.

* * *

격납고의 문이 닫히기 시작하는 것을 보고 우석은 그야말로 죽을힘을 다해 뛰어갔다. 연구소 내에 울려 퍼지는 비상벨이 그를 불안에 빠뜨렸다. 뒤에서 들려오는 폭발음도 마찬가지였다. 무슨 일이 벌어지고 있는지 알아내고 싶은 마음이 굴뚝같았지만 시간이 너무 촉박했다. 머뭇거리다간 귀환하지 못할 수도 있었다.

우석은 결승선을 통과하듯 격납고 출입구로 몸을 던졌다
"하아, 하아."
우석은 거칠게 숨을 내쉬며 서둘러 트로츠키에 올라탔다. 그러자 계기반의 메인스크린에 메시지들이 연달아 나타났다.
— 탑승완료.
— 귀환 시스템 가동.
우석은 한숨을 돌리며 그때서야 옆을 보았다. 영은의 자리가 비어있었다. 깜짝 놀라서 모니터를 보았지만, 탑승을 완료했다는 메시지만 나타났다.

"영은아? 뭐야, 이 깡통 새끼. 영은이가 안 보이잖아."

그때 외부 상황을 보여주는 모니터에 영은의 모습이 보였다. 막 닫히기 시작한 격납고 출입문 바깥에서 이쪽으로 달려오고 있었다. 우석은 황급히 일어나 문을 열고 나가려고 했다. 하지만 문이 열리지 않았다. 수동조작을 하려고 버튼을 누르자, 경고음과 함께 메인스크린에 메시지가 떴다.

— 경고: 귀환 프로그램 가동. 수동조종 전환불가.

몇 번을 눌러보았지만 문은 꿈쩍도 하지 않았다. 우석은 고함을 지르며 계기반을 주먹으로 내리쳤다.

"이 망할 기계야! 영은이가 아직 타지 않았잖아. 빨리 이 빌어먹을 문을 열란 말이야! 씨발, 어서! 영은아! 영은아!"

하지만 바람과는 달리 문은 열리지 않았다.

이윽고 격납고의 출입문마저 닫히고 말았다. 영은의 모습도 시야에서 사라져버렸다. 바로 그때 타이머가 울렸다. 한계시간인 15분이 모두 지난 것이다. 그것을 신호로 기다렸다는 듯이 트로츠키가 심하게 요동치기 시작했다.

"안 돼!"

희망은 좋은 소식이 나쁜 소식보다 우세한지
계산하는 데서 오는 것이 아니다.
희망이란 그저 행동하겠다는 선택이다.

(안나 라페)

다리를 절룩거리며 우석을 쫓아가는 지완의 속은 시커멓게 타들어갔다. 아무리 뛰어도 좀처럼 간격이 좁혀지지 않았다. 이러다간 우석을 놓칠 것만 같았다. 그러면 이 끔찍한 악몽은 되풀이 될 수밖에 없었다. 어떻게든 그것만은 막고 싶었다. 설사 우석만 외로운 죽음을 맞게 되더라도 다른 사람들은 살리고 싶었다.

앞서 달려가는 우석이 격납고 문을 통과하는 게 보였다.

"정 우석, 기다려!"

지완은 다급한 마음에 소리를 지르며 그를 불렀다. 하지만 폭발음과 경보음에 목소리가 묻히고 말았다. 허탈해진 지완은 그 자리에 멈추고 말았다. 저만치에, 지완보다 앞서서 달리던 영은도 우석을 부르는 것인지 우뚝 멈춰 서서 손을 흔들고 있었다.

격납고 문이 거의 닫히고 있었다. 지완도 그녀가 포기한 것으로 보았다.

이윽고 엄청난 진동이 느껴졌다. 트로츠키가 과거로 돌아간 것이다. 그 여파로 영은이 중심을 잃고 넘어졌다. 지완은 절룩거리며 다가가 그녀를 일으켰다.

"이젠 다 끝났어. 우리가 바꿀 수 있는 건 아무것도 없어."
영은이 절망적인 얼굴로 중얼거렸다.
"일단 살아남자."
지완이 속삭였다.
"살아남자고? 어떻게?"
"마지막 수단이 남아 있잖아. 산호발파 잠수정."
"하지만 그건……."
영은이 말끝을 흐렸다.
"걱정 마. 뭔가 방법이 있을 거야. 반드시!"
지완이 그녀를 독려하며 걸음을 떼었다. 영은은 잠시 망설이다가 지완을 따라 뛰기 시작했다.
폭발음이 훨씬 크고, 더 빈번히 들렸다. 두 사람은 그럴 때마다 움찔하면서도 계속해서 달렸다. 심장이 터질 것 같고 숨이 턱밑까지 차올랐지만 결코 멈추지 않았다.
이제 두 사람에게 남은 희망은 잠수정을 타고 연구소를 빠져나가는 것뿐이었다. 연구소는 당장이라도 무너질 것 같았다.
천정이 붕괴하면서 파편들이 우수수 떨어졌고, 여기저기서 불길이 치솟았다.
역시 다친 다리가 문제였다. 지완은 몇 번이나 다리를 꺾으며 주저앉으려고 했다. 영은이 옆에서 잡아주지 않았더라면 바닥에 쓰러져서 그냥 포기했을지도 몰랐다. 하지만 자신이 아니라 영은을 살리기 위해서라도 그럴 수는 없었다. 자신이 살아남는 게 영은도 살아남는 거라고 생각했다. 그래서 다리가 부서지는 한이 있더라도 고통을 참아내며 미친 듯이 뛰었다. 태어나서 지금껏 이렇게 달려본 적은 처음이었다. 몸은 힘들고 의식은 아득했지만 이상하게도 마음이 편했다. 그것은 말로 설명하기 힘든 느낌이었다. 자칫 여기서 목숨을 잃을 수도 있는데도 지완은 더 이상 두려움을 느끼지 않았다. 정말로 불가사의하게도 여기서 살아나갈 거란 믿음이 있었다. 그 믿음의 근원이 무엇인지는 스스로도 알지 못했다. 그냥 막연히 그런 생각이 들었다. 비록 논리적인 사고는 아니었지만, 어떤 알 수 없는 힘이 자신과 영은을 구원해줄 것 같았다.

마침내 두 사람은 에어 록에 도착했다.

출입문은 폭발로 부서져서 문을 여는 수고를 할 필요도 없었다. 이번에는 주의를 요했기 때문에 바닥에 뚫린 구멍에 빠지는 실수도 없었다. 두 사람은 정신없이 안으로 뛰어가 영식이 가져다놓은 잠수정에 올랐다. 영은은 다리가 불편한 지완을 부축하며 잠수정의 해치를 열고 조종석으로 들어갔다.

"근데 에어 록 외벽을 어떻게 열어?"

영은이 물었다.

"마지막 폭발이 남았을 거야. 운명에 맡겨야지"

지완이 낙관론자처럼 말했다.

그때 외부 모니터를 통해 엄청난 불길이 치솟는 게 보였다. 어쩌면 지완이 말한 마지막 폭발인지도 몰랐다. 하지만 지완의 예상과는 달리 에어 록의 외벽은 열리지 않았다.

"안 돼. 틀렸어, 방금 폭발로도 외벽이 열리지 않아."

영은이 절망적으로 외쳤다.

지완은 뭘 기다리는지 아무런 말도 없이 그저 외벽만 쳐다보았다.

두 사람이 뛰어온 통로에서 섬광과 함께 무시무시한 불기둥이 이쪽으로 쇄도해오는 게 보였다. 이대로는 화염에 휩싸여 통구이가 되고도 남았다. 하지만 외벽은 여전히 꿈쩍도 하지 않았다. 찰나 동안에 몇 차례 충격파가 잠수정을 때렸지만 외벽엔 큰 영향을 주지 않았다.

바로 그때였다.

"지금이야!"

지완이 소리쳤다.

영은은 영문도 모르고 스타트 버튼을 눌렀다. 그러자 후미의 제트 엔진이 점화하고, 스크루가 맹렬히 회전하며 잠수정이 화살처럼 앞으로 튀어나갔다.

거대한 불기둥이 마치 살아있는 맹수처럼 아가리를 벌리며 무시무시한 속도로 잠수정을 쫓아왔다.

외벽은 여전히 꿈쩍도 하지 않았다.

지완은 스로틀을 힘껏 잡아당겨 속도를 최대로 올렸다. 잠수정이 극심하게 흔들렸다. 외벽까지는 겨우 몇 미터만 남았지만 아무것도 바뀐 게 없었다.

이제 견고한 외벽에 부딪혀 산산조각이 나거나, 아니면 불기둥에 집어삼켜져 불타 죽는 일만 남았다. 영은이 눈을 질끈 감았다.

지완은 스스로에게 용기를 주려는 듯 고함을 질렀다.

"가자! 로시난테!"

바로 그 순간, 기적이 일어났다.

요지부동이었던 외벽에 조금이지만 틈새가 생겼다. 내부의 압력 때문인지 아니면 충격파의 여파인지, 원인이 무엇이든 분명히 외벽이 열리고 있었다. 충분하지 않지만 아슬아슬하게 통과할 수 있을 것 같았다.

그때 뒤에서 엄청난 폭발이 일어났다. 그로 인해 발생한 충격파가 오히려 잠수정을 밀어주는 추진력으로 작용했다. 잠수정은 불길에 삼켜지기 직전에 외벽을 통과하더니 바다 속으로 진입했다. 그리고 잠수정은 어둡고 깊은 바다로 사라졌다.

* * *

이때가 언제였더라.

아빠가 촌스럽게 생긴 아저씨를 데려와 영은에게 소개했다. 처음 보는 아저씨였다. 내가 고개를 갸웃하자 아빠가 아저씨의 머리를 툭 때리며 이렇게 소개했다.

"인사해라, 이놈이 아빠 수제자다. 정 우석이라고, 다른 교수들이 아무도 안 받아줘서 내가 거둬줬다. 뭐해, 인사 안 하고. 얘가 우리 딸이야. 어때, 날 닮아서 엄청 이쁘지?"

그러자 촌스럽게 생긴 아저씨가 멋쩍은지 머리를 벅벅 긁으며 영은에게 인사했다.

"안녕. 정우석이다. 종종 만나자."

"야, 함부로 손잡지 마. 우리 딸, 아주 소중히 키웠단 말이다."

"에이, 악수하는 걸 가지고 왜 그러세요."

"시끄러워."

그러더니 아빠가 호탕하게 웃음을 터뜨렸다. 우석이라는 아저씨도 뭐가 좋은지 히죽히죽 따라 웃었다.

이 날이 처음이었던 것 같다. 내가 정 우석을 만난 것이.

갑자기 다른 장소로 바뀌었다. 방금 전보다 조금은 자란 내 모습이 보인다. 교복을 입고 있다. 나는 세탁기 앞에서 투정을 부리고 있었다.

"아, 짜증나. 또 양말 한 짝이 없어졌어."

문득 옆을 보니 그 사람이 진지한 얼굴로 세탁기 안을 들여다보고 있다. 그는 언제나 이런 표정을 짓는다. 누가 과학자가 아니라까봐.

"음, 드럼세탁기 건조기능 작동할 때 열기가 나와서 빨래 속에 있는 물 분자를 증발시키고, 양말에 화학적 변화가 일어나서 분자로 분해되어 세탁기 밖으로 배출되기 때문이야."

아마 다른 애가 들었다면, 오오! 하면서 감탄했겠지만 불행히도 나는 우리나라에서도 손꼽히는 물리학자의 금지옥엽, 외동딸이다. 이런 거짓말은 자라면서 아빠한테 워낙 단련되어서 별로 놀랍지도 않다. 이제 좀 새로운 레퍼토리를 만들지.

"아빠 수제자 맞네, 맞아. 순 뻥쟁이들!"

"야야, 뻥으로 밝혀질 때까지는 가설을 믿어야 하는 게 우리 과학자들이고……."

"재수 없어."

내가 쏘아붙이자, 그가 멋쩍어하며 허허 하고 웃는다.

그는 알고 있을까? 내가 가장 좋아하는 웃음이다.

어디선가 울음소리가 들린다.

나다.

내가 울고 있다. 그래, 이때는 중학교 3학년 때다.

어느 날, 아빠가 갑자기 종적을 감추었던 그날의 나다. 그래, 이날 나는 엄청 울었다. 이 세상에 혼자 남았다는 사실이

날 두렵게 만들어서다. 그날도 그는 나를 찾아왔다. 덕분에 혼자가 아닐 수 있었다.

"아빠는 죽은 것도 실종된 것도 아냐. 타임머신 개발에 성공해서 미래로 가 계신 거야. 네가 자라면, 어느 순간 꼭 다시 만날 수 있어."

그는 늘 이런 식이다.

하지만 이 말도 안 되는 위로가 오히려 힘이 된다. 어쩌면 그라서 그런지도 모르겠다. 다른 사람이 이런 소리를 했다면 헛소리라고 화를 냈겠지.

이번엔 웃음소리가 들린다.

내가 웃고 있다. 열아홉 살의 나. 아빠, 그리고 그와 마찬가지로 카이스트의 학생이 되던 날이다. 나는 합격증을 들고 그의 연구실을 찾았다.

연구실엔 아빠가 연구하던 타임머신의 초안들이 벽을 꽉 메우고 있다. 그건 아빠의 유산인 동시에 그가 물려받은 자산이다.

나는 그에게 합격증을 보여주었다.

그가 장하다면서 내 머리를 쓰다듬어주었다. 기쁘면서도 한편으로 서운하다. 어쩌면 그는 아직도 나를 어린애로만 여기고 있는지도 모르겠다.

나는 이제 열아홉 살인데.

누군가 그를 찾아왔다. 처음 보는 얼굴이다. 이름이 윤 지완이라고 했던가. 그가 과외를 가르치던 학생이란다. 나이는 나랑 동갑. 그에게 뭔가 상의할 게 있다며 찾아온 모양이다. 나는 그의 연구실 위치를 가르쳐주었다. 그런데 내 이야기는 듣지 않고 내 얼굴만 빤히 쳐다본다.

자식, 예쁜 건 알아가지고,

그래도 그 시선이 그렇게 기분 나쁘진 않다. 이유는 모르겠지만 처음 보는데도 묘한 친밀감이 느껴진다. 이유는, 모르겠다.

다시 울음소리가 들린다.

이번에도 나다. 기억난다. 7년 전, 크리스마스 파티.

그가 내가 아닌 다른 여자에게 프러포즈를 했다. 하늘이 무너지는 것 같았다. 나는 그 소식을 듣고 파티장소에서 나와 골목에 쭈그리고 앉아 펑펑 울었다. 그렇게 울고 있는 내게 어떻게 알았는지 지완이 찾아왔다.

뭔가 위로의 말을 건네는데 귀에 들어오지 않는다.

지완이 내게 키스했다.

환호성이 들린다.

그의 결혼식장이다.

그가 만세를 부르고 있다. 옆에는 그의 아내가 행복한 표정을 지으며 웃고 있다.

나는 지완과 함께 예식장을 찾았다. 그의 얼굴은 너무도 행복해보였다.

그 얼굴을 보니 나도 기분이 좋아졌다. 지금 내 옆에는 지완이 있다. 지완이 나를 보며 그와 똑같은 표정을 짓고 있다.

이제 그를 놓아줄 때가 온 거 같다. 정말로 그러려고 했는데, 그럴 생각이었는데…….

그가 우는 소리가 들린다. 두 해 전, 크리스마스에 내가 그랬듯이. 아니 그보다 더 서럽게 울고 있다.

멀리, 그가 사랑하던 아내의 영정이 보인다.

그의 아내는 그를 두고 세상을 떠났다. 암을 앓았다고 한다.

나는 영정 앞에서 울음을 터뜨렸다. 그녀의 죽음이 슬픈 이유도 있었지만 그보다 더 나를 아프게 만든 건, 그가 예전의 나처럼 세상에 홀로 남겨졌다는 사실이다.

내가 혼자가 되던 날에는, 그가 와줘서 버틸 수 있었지만 안타깝게도 나는 그럴 수가 없다. 어쩌면 영영 그럴 기회가 없을지도 모른다.

그가 너무 불쌍하다. 너무나…….

이제 정말로 그를 보내줘야 할 시간이다. 작별은 너무나 싫지만 어쩔 수가 없다.

안녕히.

will you still love me tomorrow?

언젠가는 그에게 꼭 이렇게 말할 날이 오기를 바랐는데…….

* * *

 눈을 뜨자 약품 냄새가 코를 찔렀다. 그러자 다른 감각도 살아나기 시작했다. 영은은 고개를 돌렸다가 팔에 꽂혀있는 링거를 보고 자신이 병원에 있다는 사실을 깨달았다. 황급히 일어나려고 하자 누군가가 어깨를 부드럽게 누르며 제지했다. 따듯하고 익숙한 손길이었다. 영은은 고개를 들어 그를 쳐다보았다.
 지완이 환하게 웃고 있었다.
 "깨어났네?"
 "여긴 어디야?"
 영은이 물었다.
 "어디겠어. 병원이지."
 지완이 당연한 걸 묻는다는 듯이 피식 웃었다.
 "나는 반나절 만에 회복했는데 너는 꼬박 이틀 만에 깨어났어. 정말 어떻게 되는 줄 알고 가슴을 졸였다. 얼마나 걱정한 줄 아냐? 각오해. 나중에 이 원수는 꼭 갚아줄 테니까. 두고두고 곁에서 받아낼 거야."
 "그래, 꼭 갚아."

영은이 힘없이 웃었다. 그러고는 생각났다는 듯이 물었다.
"연구소는?"
지완은 웃음기를 지우며 천천히 고개를 가로저었다.
"그래, 그랬구나."
영은이 쓸쓸히 중얼거렸다.
"완전히 붕괴되어서 건질 것도 없대. 본사에서는 언론의 입을 막으려고 무진 애를 먹고 있는 모양이야."
"그렇겠네. 그럼……."
"어, 시신을 찾기는 틀렸지. 우석이 형도…….""
우석의 이름을 듣자마자, 영은이 눈물을 글썽였다. 옆에서 지완이 지켜보고 있는데도 멈출 수가 없었다. 지완은 아무런 말도 하지 않고 조용히 영은을 안아주었다.
"그래도 이제 우석이 형도 외롭진 않을 거야. 그렇게 만나고 싶어 하던 지윤이 누나를 만났을 테니까."

* * *

"여기에 사인을 하면 되는 겁니까?"
지완이 물었다. 말투가 너무 냉랭해서 서류를 내민 세르게이의 표정이 딱딱하게 굳었다. 옆에 앉아서 같이 서류를 검토하던 영은이 눈짓으로 핀잔을 주었지만 지완은 일부러 태도를 바꾸지 않았다.

두 사람은 병원에서 퇴원하자마자 러시아로 불려왔다. 사후처리 문제를 두고 비밀 유지를 위한 상호간의 합의서를 작성하기 위함이었다. 아나톨리 회장은 러시아의 그림자 황제답게 모든 인맥과 재원을 이용해서 발 빠르게 언론의 눈과 귀, 입을 막는 데 성공했다. 남은 것은 연구소에서 살아남은 생존자 두 명의 입을 막는 것이었다.

"예, 그곳에 사인을 하면 마무리 되는 겁니다. 두 분 모두 사인해야 합니다."

세르게이가 다분히 직업적인 미소를 지으며 말했다.

영은과 지완은 망설임 없이 서류에 사인했다. 너무 빠르게 마무리를 지어서 오히려 아나톨리 회장과 세르게이가 당황할 정도였다.

"CCTV 파일 모두 복구됐습니다. 풀 버전을 한번 보시겠습니까?"

세르게이가 서류를 챙기면서 넌지시 물었다.

지완은 단호하게 고개를 저었다.

"아뇨, 관심 없습니다."

세르게이는 낮게 헛기침을 했다. 지완의 고압적인 태도는 여전히 불편하고 거슬렸다. 다만 자리가 자리인지라 내색하지 않을 뿐이었다. 특히 아나톨리 회장이 보는 앞에서는 노골적으로 화를 낼 수도 없었다.

"결국 설계도와 데이터는 백업 못한 거죠?"

다시 세르게이가 물었다. 은근히 떠보는 말투였다. 아나톨리 회장이나 세르게이의 눈에는 두 사람이 뭔가 감추고 있는 것처럼 보이는 모양이었다. 하지만 지완의 태도가 너무 당당해서 심증만으로는 추궁하기가 어려웠다.

"그만 미련 버리시죠. 정말로 우리에겐 아무것도 없습니다. 그럴 경황도 없었고요."

지완이 세르게이의 얼굴을 똑바로 쳐다보며 잘라 말했다. 그러자 그때까지 잠자코 있던 아나톨리 회장이 나직이 중얼거렸다.

"결국 트로츠키 암살은 막을 수 없단 말인가?"

그러면서 무릎을 움켜쥐었다. 말은 그렇게 했지만 그의 속마음은 다른 것이었다. 처음에 우석이 그의 마음을 흔들어놓았던 제안에 여전히 미련을 버리지 못하고 있었다. 그래서 일말의 가능성만 있다면 다시금 추진하고 싶은 마음도 있었다.

"혹시, 두 분이 연구를 재개해볼 생각은 없습니까?"

회장의 눈짓을 받은 세르게이가 지완과 은영의 눈치를 살피며 조용히 물었다.

"저희 능력 밖이에요."

영은이 단 1초도 머뭇거리지 않고 대답했다. 그러자 세르게이가 쓰게 웃으며 아나톨리 회장을 쳐다보았다.
아나톨리 회장은 낙담한 표정을 지으며 휠체어에 몸을 묻었다.
"두 분을 정중히 모시게, 세르게이."
그러고는 세르게이에게 지시를 내리고 접견실을 빠져나갔다. 누군가에게는 거인 같은 존재인 그의 뒷모습이 유난히 작게 보였다.

* * *

3년 전과 마찬가지로 Mi-26 헤일로가 눈보라를 뚫고 러시아의 밤하늘로 날아올랐다. 그때와 다른 점은 탑승객이 둘이라는 것이었다. 점점 하얗게 변해가는 상트페테르부르크의 야경을 내려다보며 영은은 깊은 상념에 젖었다. 그녀의 손에는 테스트 비행을 하던 날, 우석이 건네 준 십자가가 쥐어져 있었다. 비록 조 실장에게 받은 것을 다시 떠넘긴 것이지만 우석이 남긴 유품으로 여기고 있었다. 아마도 우석은 몰랐겠지만 무심한 성격인 그가 영은에게 뭔가를 선물한 것은 그때가 처음이었다.
영은은 십자가를 만지작거리며 그날의 일을 떠올렸다.
"이건 나보다 너한테 더 필요할 것 같다. 조 실장, 이 새끼는 불자한테 십자가를 주고 지랄이야. 내가 얘기했었냐? 울 엄마가 절에서 백일기도를 하고 나를 낳았다고."

"아뇨, 처음 듣는데요. 팀장님 몫까지 내가 기도해줄게요."

"고맙다. 그 말을 들으니 아주 든든하네. 세상에 하나님만큼 확실한 보험이 어디 있냐. 넌 독실한 신자니까 저 위에 계신 분도 꼭 기도를 들어줄 거다."

"저기, 팀장님."

"어? 갑자기 왜 그런 표정이야. 홀아비 설레게. 설마 그동안 숨겨왔던 나를 향한 감정을 고백하려고?"

"어제 꿈에 아빠를 봤어요."

"이 연구의 기본 아이디어는 서 박사님 꺼야. 그러니까 이건 그분의 유산이기도 한 거지."

"드럼세탁기에서 양말 한 짝 사라지는 이론?"

영은이 피식 웃으면서 되물었다.

"영은아. 너, 아직도 아빠가 미래에 가 계실 거라고 믿니?"

"그건 단 한 번도 그렇게 생각해본 적 없는데요? 아빠, 연구비 횡령한 거 걸려서 한강에서 뛰어내린 거잖아요."

"내가 초등학생만 돼도 그렇게 믿었을지 모르겠다. 중 3한테 그런 뻥을 치다니."

"'내일' 봐요."

"그래, '내일' 보자."

그때 고백하지 않길 잘한 걸까. 그래, 차라리 다행인지도 모른다. 영은은 십자가를 만지작거리며 생각했다.

"무슨 생각을 하는데 옆에서 불러도 대답이 없어?"

다소 삐친 것 같은 지완의 목소리가 영은을 현실로 데려왔다. 영은은 미안하다는 얼굴로 지완을 쳐다보았다.

"아니야, 아무것도. 근데 뭐라고 말을 했는데?"

"참나 이렇다니까."

지완이 고개를 흔들면서 쓰게 웃었다. 그러고는 일부러 천천히 말했다.

"돌아가면, 내 아파트에서 같이 지내자고 물었어. 혼자 살기엔 너무 널찍해서 시세 좋을 때 팔고 원룸이나 구할까 싶었는데, 원래 부동산은 가지고 있는 게 좋다잖아. 그래서 룸메이트를 구할까도 생각했는데, 막상 그러려니 낯선 사람이랑 지내는 게 영 그렇더라고. 그래서 내 말은 괜찮으면 같이 지내자는 거지."

"그거 지금 혹시 프러포즈?"

영은이 물었다.

그러자 지완이 시선을 피하며 얼굴을 붉혔다.

"아니, 뭐 그게 그러니까 따지고 보면 뭐 그렇다고 할 수 있는 거지."

"뭐야! 무슨 프러포즈를 그렇게 해."

영은이 눈을 흘겼다.
"그럼 지금 거절하는 거야?"
지완이 울상을 지으며 물었다.
"글쎄, 생각 좀 해보고. 아직 한국에 도착하려면 시간이 남았으니까 그때까지 생각 좀 해볼게. 그래도 이런 프러포즈는 에러야, 에러."
"그럼 어떻게 프러포즈를 해야 하는 거야?"
"으이그 그런 걸 묻는 사람이 어디 있니!"
영은이 지완의 등을 찰싹 때렸다.
"아야, 나 아직 다친 데 덜 나았단 말이야."
지완이 엄살을 피웠다.
"그런데 말이야. 나 계속 궁금했거든. 우리 잠수정을 타고 탈출할 때, 뭘 믿고 그렇게 배짱을 부린 거야?"
"그냥, 뭐 하늘의 계시를 받고?"
"농담하지 말고. 나 지금 진지하단 말이야. 그때 에어록 문이 열렸잖아. 대체 어떻게 된 걸까?"
"사실 나도 그게 좀 의문이긴 했어."
지완이 자기도 잘 모르겠다는 듯이 고개를 가로저었다. 그러다가 두 사람은 뭔가 생각났는지 동시에 서로를 쳐다보았다.
"혹시?"

"헉!"

죽은 줄로만 알았던 우석이 눈을 번쩍 떴다. 영은과 지완이 에어록을 달려간 직후였다. 눈을 뜬 우석이 천천히 주변을 둘러보았다. 불길이 탐욕스럽게 혀를 날름거리며 연구소를 집어삼키고 있었다. 마치 시위라도 하듯 귀를 찢는 폭발음이 연이어 터졌다.

우석은 벽을 짚고 천천히 일어섰다. 지칠 대로 지쳐선지 다리에 힘이 들어가질 않았다. 우석은 이를 악물고 무릎에 힘을 주었다. 뼈마디가 욱신거리고 근육이 끊어질 것 같았지만 정신력으로 버텼다. 겨우 일어서는 데 성공한 우석은 크게 심호흡을 했다.

점점 멀어지는 발소리가 들렸다. 고개를 돌리니 다리를 절며 뛰어가는 지완과 그 옆에서 보조를 맞추는 영은의 뒷모습이 보였다가 금세 사라졌다. 방향을 보고 두 사람이 에어록을 달려가고 있다고 짐작했다. 그곳에 잠수정이 있다는 것은 우석도 잘 알고 있었다.

우석은 숨을 고르고 나서 천천히 걸음을 내딛었다.

오른발, 왼발, 다시 오른발.

그렇게 걸음을 내딛다가 조금씩 빠르게 걷기 시작했다. 여전히 고통이 그를 엄습했지만 무너지지 않으려고 애썼다.

이윽고 우석은 뛰기 시작했다.

목덜미의 상처는 어떻게 지혈이 되었는지 몰라도 더 이상의 출혈은 없었다.

우석은 거칠게 숨을 몰아쉬며 성난 황소처럼 달려갔다. 때때로 중심을 잃고 휘청거렸지만, 그때마다 가까스로 중심을 잡았다.

마침내 에어록에 도착하자 두 사람을 태운 잠수정이 막 출발하고 있었다.

우석은 젖 먹던 힘을 다해 달려가 에어록의 외벽을 수동으로 여는 레버를 힘껏 움켜쥐었다. 하지만 생각처럼 쉽게 레버가 움직이지 않았다. 달려오느라 기진맥진해져서 제대로 힘을 쓸 수 없기 때문이었다.

"으아아아!"

우석은 고함을 지르며 레버를 끝까지 잡아당겼다. 꿈쩍도 하지 않던 레버가 마침내 우석에게 굴복하여 움직였다. 힘을 다한 우석은 다리를 꺾으며 주저앉았다.

그때 우석의 눈에 에어록의 외벽이 열리고 두 사람을 태운 잠수정이 연구소를 빠져나가는 게 보였다.

우석은 대자로 누워 웃음을 터뜨렸다.

순간 폭발음과 함께 엄청난 충격파가 날아와 우석을 선착장으로 내던졌다. 우석의 몸이 물속으로 가라앉는 것과 동시에 불길이 노도처럼 밀려와 에어록을 집어삼켰다. 그러더니 다시 굉음과 함께 강력한 충격파가 날아와 삽시간에 불길을 갈기갈기 찢어놓았다.

잠시 후. 물속으로 가라앉았던 우석이 수면 위로 떠올랐다.

처음에는 죽은 듯이 미동도 하지 않았다. 움찔하더니 우석의 몸이 조금씩 뒤척이기 시작했다. 거품이 일고 우석이 몸을 뒤집어졌다.

"하아."

우석이 숨을 토했다. 짜디짠 바닷물이 그의 정신을 맑게 만든 것 같았다.

우석은 천천히 일어나 폐허로 변해버린 에어록으로 올라왔다. 한때 우석의 왕국이었던 연구소는 이제 곧 사라질 운명이었다.

우석은 마지막으로 연구소 전체를 둘러보고 싶은 마음에 천천히 걸음을 옮겼다.

붕괴가 시작된 연구소는 모든 것이 무너지고 있었다. 우석은 더 이상 두려움을 느끼지 않았다. 그저 벽을 짚어가며 묵묵히 걸음을 옮길 뿐이었다. 그렇게 무의식 속에서 걸음을 옮기던 우석은 뭔가에 이끌린 듯 걸음을 멈추고 고개를 돌렸다. 그의 시선이 머문 곳은 정비실이었다.

정비실 안에는 '트로츠키'가 있었다. 우석은 트로츠키에게 작별인사를 하려는 듯 그쪽으로 발길을 돌렸다. 천천히 그 앞에 이른 우석은 다친 손을 뻗어 트로츠키를 어루만졌다. 그러자 화답이라도 하듯 트로츠키의 문이 육중한 소리를 내며 열렸다. 우석은 희미한 웃음을 짓더니 트로츠키 안으로 들어갔다.

그리고 문이 닫혔다.

강렬한 섬광이 트로츠키를 감쌌다.

잠시 후.

모든 것이 사라졌다.

END

용어해설

■ 블루홀 (Blue Holes)

블루홀은 유난히 푸른 바닷물로 가득 찬 동굴이나 움푹 팬 지형을 말한다. 블루홀은 해변이나 내해의 얕은 바다에서 발견되곤 하지만 바하마는 세계 어느 곳보다 블루홀이 많은 곳이다. 블루홀은 세 가지 유형이 있다. 먼저 절구 모양으로 팬 '세노테'가 있다. 세노테는 하늘에서 보면 가장 잘 보이는데 폭이 150미터에 달하는 원통형 구멍이다. 가장 깊은 곳은 롱아일랜드 근해에 있다. 다음은 렌즈 형태의 '동굴계'로 길이가 11킬로미터에 달하는 루카얀 동굴이 좋은 예다. 이 동굴은 바하마에서 가장 길다. 마지막으로 폭이 2미터 정도로 작고 좁은 '단구 동굴'이 있다.

동굴은 빙하기 때 해수면이 지금보다 훨씬 낮을 때 형성되었다. 석회암이 물에 의해 침식되면서 거대한 통로와 구멍, 동굴 등이 생겨난 것이다. 빙하가 녹으면서 해수면이 상승하자 이 지형은 그대로 블루홀이 되었다. 잠수를 해서 블루홀까지 갈 수는 있지만 대부분 너무 위험해서 경험이 많은 스포츠 다이버들조차도 출입을 금하고 있으며, 현지 당국 또한 접근을 통제하고 있다. 하지만 블루홀을 반드시 수중에서만

봐야 할 필요는 없다. 현지에서 가이드와 함께 내륙의 블루홀로 떠나는 투어를 진행하고 있다.

■ 강입자충돌기 (Large Hadron Collider)

스위스 제네바에 위치한 유럽입자물리학연구소(CERN : European Organization for Nuclear Research)가 제작한 태초에 에너지와 물질이 분리되지 않았던 빅뱅 직후의 고에너지 상태 재현을 위해 빛의 속도에 가깝게 양성자를 가속해 충돌시키는 장치다.

이 장치는 1980년대에 구상되고 94년 사업에 착수한 거대과학의 전형으로, 2008년 9월 10일 완공하여 첫 가동을 할 때까지의 14년 동안 60억 달러(약 6조 원)가 투입됐고, 한국 물리학자 60여 명을 포함하여 80개국 9,000여 명의 세계 물리학자들이 참여한 세계 최대의 실험장치다. 규모만도 길이가 27km에 달하는 둥근 터널 모양의 장치로, 스위스·프랑스 접경 쥐라산맥 지역의 지하 50~170m에 건설됐다.

이전까지 가장 큰 가속기였던 미국 페르미국립가속기연구소의 '테바트론(Tevatron)'보다 7배나 큰 에너지를 얻을 수 있는 거대한 장치다. 그러나 장치를 제작하여 첫 가동 실패에 이어 이튿날 실시한 재가동, 2009년 2월에 실시한 3차례의 가동 또한 실패로 돌아가, 양성자를 빛의 속도로 가속시켜 충돌시키고자 하는 실험은 아직 성공하지 못하고 있다.

■ 반중력 (antigravity, 反重力)

반중력 물질은 중력과 반대인 성질, 즉 모든 것을 밀어내는 성질을 가지고 있어야 한다. 전형적인 공상과학소설적 착상의 하나이다. 중력에 반작용하는 힘이라기보다는 중력을 차단하거나 제어하는 힘으로 쓰일 경우가 많다. 웰스의 소설인 《달세계 최초의 인간》에 나온 반중력합금 케이배릿이 그 시초이며, 그후 발표된 공상과학소설 속에서 우주비행의 추진력으로 종종 등장한다. 그러나 아직 반중력 물질을 만드는 것은 불가능하다.

1998년에는 반중력의 힘을 발견하여 측정했다. 천문학자들로 구성된 별개의 두 연구 집단이 8년간의 연구 끝에 발견한 이 반중력은 우주의 팽창이 가속화되고 있음을 보여 준다. 이 힘이 지금보다 훨씬 더 강했다면 현재의 은하계들은 형성될 수 없었을 것이라고 한다.

■ 트로츠키

 본명은 브론슈타인(Leib Davidovich Bron-stein). 러시아혁명 당시에 기회주의자, 반혁명분자 등으로 알려져 있다. 하지만 그에 대한 평가가 최근에 다시 이루어지고 있다. 학생 시절에는 나로드니키에 참가하였으나, 후에 마르크스주의로 경도되었다. 러시아 사회민주노동당이 제2차 대회에서 볼셰비키와 멘셰비키로 분열했을 때는 후자에 속하였다. 1905년 제1차 혁명 당시에는 레닌의 혁명 방침, 즉 노동자 계급의 지도에 의한 노농동맹에 입각한 부르주아 민주주의 혁명으로부터 사회주의로의 전화라는 방침에 대립하여 '영구혁명론'을 주장, 1912년에는 8월 블록을 조직하여 볼셰비키에 대항하였다.

 1917년의 10월 혁명 직전에 볼셰비키에 가입. 일국(一國) 사회주의 혁명의 가능성을 부정하고 혁명의 성공 후에 외무인민위원으로서 독일과의 강화에 반대하여 소비에트 정권의 위기를 가져왔다. 그 후에도 끊임없이 '세계혁명론'을 주장하며 스탈린과 대립하였다. 스탈린은 일국사회주의, 즉 러시아만 가지고도 세계혁명을 이룩할 수 있다는 것이고 트로츠키는 러시아는 후진국이기에 소비에트 독재가 불가능하기 때문에 유럽의 혁명을 지원하여 세계 혁명을 해야한다고 주장, 그후 1927년당으로부터 제명되었다. 1927년에 국외로 추방되어, 국외에서 제4인터내셔널을 결성하여 반소·반혁명 음모 활동을 하다가 1940년에 멕시코에서 암살되었다.

■ 웜홀(worm hole)

웜홀은 두 시공간이나 동일 시공간의 두 곳을 잇는 시공간의 좁은 통로를 의미한다.

웜홀을 지나 성간여행이나 은하간 여행을 할 때, 훨씬 짧은 시간 안에 우주의 한 쪽에서 다른 쪽으로 도달할 수 있다. 이때, 블랙홀은 입구가 되고 화이트홀은 출구가 된다. 블랙홀은 빨리 회전하면 회전할수록 웜홀을 만들기 쉽고 전혀 회전하지 않는 블랙홀은 웜홀을 만들 수 없다.

하지만 화이트홀의 존재가 증명된 바 없고, 블랙홀의 기조력 때문에 진입하는 모든 물체가 파괴되어서 웜홀을 통한 여행은 수학적으로만 가능할 뿐이다. 웜홀(벌레구멍)은 벌레가 사과 표면의 한 쪽에서 다른 쪽으로 이동할 때 이미 파먹은 구멍을 뚫고 가면 표면에서 기어가는 것보다 더 빨리 간다는 점에 착안하여 이름 지어진 것이다.

■ 블랙홀(Black hole)

'검은 구멍'이라고도 한다. 알베르트 아인슈타인(Albert Einstein)의 일반상대성이론에 근거를 두고 있다. 물질이 극단적인 수축을 일으키면 그 안의 중력은 무한대가 되어 그 속에서는 빛·에너지·물질·입자의 어느 것도 탈출하지 못한다.

블랙홀의 생성에 대해서는 다음 2가지 설이 있다. 첫째는 태양보다 훨씬 무거운 별이 진화의 마지막 단계에서 강력한 수축으로 생긴다는 것이다. 둘째는 우주가 대폭발로 창조될 때 물질이 크고 작은 덩어리로 뭉쳐서 블랙홀이 무수히 생겨났다는 것이다. 이렇게 우주 대폭발의 힘으로 태어난 블랙홀을 '원시(原始) 블랙홀'이라고 한다.

일반적으로 태양과 비슷한 질량을 가진 별은 진화의 마지막 단계에 이르면 '백색왜성'이라는 작고 밝은 흰색 천체가 되어 일생을 마친다. 그러나 태양 질량의 수배가 넘는 별들은 폭발을 일으키며 초신성이 된다. 이때 바깥층의 물질은 우주공간으로 날아가고, 중심부의 물질은 내부를 향해 짜부라져 중성자별이 된다. 이러한 중성자별은 펄서(pulsar)가 발견되면서 그 존재가 확인되었다.

그러나 태양보다 10배 이상 무거운 별들은 폭발 때문에 중심부의 물질이 급격히 짜부라진 후에도 그 중력을 이기지 못해 더욱 수축하게 된다. 이러한 수축은 천체의 크기가 슈바르츠실트의 반지름에 이르러서야 정지한다. 천체가 이 임계 반지름에 이르면 물질의 모든 사상은 한 점에 모이는, 즉 부피는 0이 되고 밀도는 무한대인 특이현상이 일어나고, 모든 힘을 중력이 지배하게 된다. 이러한 천체는 1783년 영국의 천문학자 존 미첼(John Michell)이 헨리 캐번디시(Henry Cavendish)에게 보낸 논문에서 처음 생각한 것으로, 그 속을 빠져나오는 데 필요한 탈출속도는 빛의 속도보다 크기 때문에 결국 빛조차 빠져나오지 못한다.

이러한 천체는 직접 관측할 수 없는 암흑의 공간이라는 뜻에서 블랙홀이라 부르게 되었다. 일반상대성이론에 따르면 블랙홀은 아주 강력한 중력장을 가지고 있기 때문에 빛을 포함하여 근처에 있는 모든 물질을 흡수해 버린다. 그래서 블랙홀의 내부는 외부와 전혀 연결되지 않은 하나의 독립된 세계를 이룬다. 만일 지구만한 천체가 블랙홀이 된다면 그 반지름은 0.9cm에 이를 것이고, 태양은 그 반지름이 2.5km보다 작아진다. 실제로 블랙홀이 될 수 있는, 질량이 태양의 10배 이상인 별은 그 반지름이 수십km밖에 안 되고, 반대로 중력은 지구의 100억 배 이상이 된다.

블랙홀은 직접 관측이 불가능하기 때문에 오랫동안 이론적으로만 존재해왔으나, 근래에 인공위성의 X선망원경으로 '백조자리 X-1'이라는 강력한 X선원을 발견하여 그 존재가 확실해졌다. 백조자리 X-1은 청색 초거성과 미지의 천체가 쌍성(雙星)을 이루고 있는데, 초거성으로부터 물질이 흘러나와 미지의 천체 쪽으로 끌려들어가는 것이 확인되었으며, 아마도 미지의 천체는 블랙홀로 되어 있을 것으로 추측된다. 또 우주에서 최초로 생겨난 천체인 준성(準星)도 중심부에 질량이 태양의 1억 배나 되는 블랙홀이 있을 것으로 추정된다.

한편, 우주의 탄생과 함께 생겨난 원시 블랙홀 중에는 태양 질량의 30억 배에 달하는 거대한 것과 빅뱅 후 플랑크 시간이라는 아주 짧은 시간 동안 심한 충격파에 의해 생겨난 미소 블랙홀이 있다. 영국의 우주물리학자 스티븐 호킹(Stephen Hawking)이 1975년에 발표한 이론에 따르면, 이 미소 블랙홀은 크기가 10~37cm가량이고, 질량이 10~11g 정도로 아주 작은 것들로서 시간이 지남에 따라 질량을 잃고 증발하며, 이때 빨려 들어간 정보도 함께 소멸한다. 그러나 2004년 7월 스티븐 호킹은 '블랙홀로 빨려 들어간 정보가 방출될 수도 있다'고 밝혀 그동안의 자신의 이론을 수정하였다. 블랙홀은 우리 은하계 안에도 약 1억 개가 있을 것으로 추산된다. 특히 구상성단의 중심에는 태양 질량의 1천 배에 해당하는 거대한 블랙홀이 있고, 은하계 중심에는 태양질량의 10억 배, 은하단의 중심에는 태양 질량의 1014배나 되는 큰 블랙홀이 있을 것으로 추정된다.

■ **도플갱어 (Doppelgänger)**

 독일어로 '이중으로 돌아다니는 사람'이라는 의미로, 통상적으로 같은 시대와 공간에서 타인은 볼 수 없지만 본인 스스로 자신과 똑같은 대상(환영)을 보는 것을 뜻한다. 우리말로 자기분신, 분신복제 등으로 불린다.
 도플갱어가 실재 존재하는지에 대해 명확하게 규명된 것이 없어 세계 곳곳마다 상징이나 의미가 조금씩 다르게 속설로 전해지는 경우가 많다. 일반적으로 도플갱어와 마주치면 머지않아 자신이 죽을 것임을 암시하는 것이라는 속설은 공포영화의 소재로도 많이 사용된다.
 현대의학에서는 자신과 똑같은 모습의 환영을 보는 증상으로 자아분열과 같은 정신질환의 일종으로 본다. 정신적으로 큰 충격을 받았거나 현재 자신의 모습이나 반대의 성격을 갈망한 나머지, 스스로 그러한 자신의 환영을 만들어내 보게 된다는 것이다.